詹仁雄 著

人民文学出版社
PEOPLE'S LITERATURE PUBLISHING HOUSE

**著作权合同登记号：图字 01-2015-8709**

**人二雄路线之好旅馆**

---



**图书在版编目（CIP）数据**

人二雄路线之好旅馆 / 詹仁雄著. —北京：人民文学出版社，2015
ISBN 978-7-02-011129-9

Ⅰ. ①人… Ⅱ. ①詹… Ⅲ. ①随笔—作品集—中国—当代 Ⅳ. ①I267.1

中国版本图书馆 CIP 数据核字 (2015) 第 203021 号

特约策划：潘丽萍
责任编辑：周墨西
封面设计：黄佳菁

**出版发行** 人民文学出版社
**社　　址** 北京市朝内大街 166 号
**邮政编码** 100705
**网　　址** http://www.rw-cn.com
**印　　制** 山东临沂新华印刷物流集团
**经　　销** 全国新华书店等
**字　　数** 110 千字
**开　　本** 889×1194 毫米 1/32
**印　　张** 6.25
**版　　次** 2015 年 11 月北京第 1 版
**印　　次** 2015 年 11 月第 1 次印刷
**书　　号** 978-7-02-011129-9
**定　　价** 32.00 元

**如有印装质量问题，请与本社图书销售中心调换 电话：010-65233595**

# 人二雄的行径令人发指

是的，人二雄令人发指到我几乎有谋杀他的念头。看完他的书，深夜里我有哭泣的冲动，倒不是因为他把旅游书写成爱情大悲剧，而是，而是，明明都是人，为什么他都住六星级饭店，我则老是在一星两星间徘徊呢？

我也住过度假式饭店，某年的春节假期我带着茶包，喔！我家那口子，去吴哥窟玩耍，因为是过年，我想住好一点吧，就订了一家超级豪华的饭店，不但有坐上座位屁股有发烧感的高级餐厅，还有一个必须睁开眼睛游泳否则会撞到头的曲线式大游泳池。

原来的计划是每天早上去逛古迹，中午回来睡午觉，下午四五点再去逛古迹，反正吴哥窟可以让人逛上三个星期也不厌倦。

非常完美的计划，可是才住进去我就懒得出门了，因为旅馆的设备太丰富了，于是开始学习享受。早上起来不吃早饭就出门，因为我认为人吃饱了会容易堕落。中午太热，回旅馆来休息。休息？我去游泳，开玩笑，花那么多钱，怎能不把他们的游泳池给好好地糟蹋一番。游完泳，再进健身房，至少吹吹他们的冷气，顺便试试能不能把哑铃的铁片给举扁。

这时的赵薇刚喝完下午茶，晃呀晃地走到健身房来，她对我说：

“你到底来玩还是来拼命？”

奇怪，花这么多钱住这么好的旅馆，不给他用掉本钱多可惜。

其实我也曾号召她加入我“用”旅馆的行列，不过，我要去游泳，她说会晒黑；我说去健身房，她又说会闪到腰；我说从 101 号房跑到 749 号房踏破他们的地毯，她说神经病。她呢？她把头探进健身房扔下一句话后，就到隔壁的 Beauty Salon 去按摩、指油压、做脸了。

假期结束时，我像个晒干的丝瓜，她则美艳动人。

那是我惟一的一次度假旅馆经验，痛不欲生。事后我问朋友，为什么度假旅馆那么难玩？他们都用懒得理我的态度说，笨蛋，连享受都不会。直到我看了人二雄的书……

我认识的人二雄是漫画家，他很早以前就画画，而且即使后来做了名电视制作人，收入是我的好几倍（靠——是脏话？好吧，加两个字，靠左边），对漫画始终坚持不懈，就像我爱红豆棒冰一样。

接着认识的人二雄是热门电视节目的制作人，他不仅仍画，还写（靠——靠右边），写的是我最哈的度假旅馆，里面还有他卑鄙、无耻，躺在太阳底下讥笑我的照片（靠，靠，哎，靠中间好了！）。

我一直认为度假要有三项不可缺的元素：阳光、海水和牛排，自从大学毕业之后，我的人生对于暑假的要求感越来越强烈，可是工作关系始终不能如愿，只能在家看日剧《海滩少年》做心理治疗。偶尔有了假期，也会背起行囊上山下海，赵薇说我旅行像行军、住旅馆像露营、吃饭像她家以前养的 Cola。莫非在旅行上漏掉了某一项行程？

这本书让我终于明白漏掉的是什么了，漏掉的是——你们都别拉我，非杀了人二雄这种人不可——对喔，暂时可以饶他一下，听说陈孝萱怀孕了！嘿嘿，嘿嘿嘿，嘿嘿嘿嘿！

认识陈孝萱也是很久以前的事，那时她刚出道，跟着《时报周刊》外景团去越南，她给人的印象是刚毅果决。对，就是刚毅果决。

陈孝萱哪，你怀孕了，记住严格要求人二雄遵守准爸爸三大准则:

一、妻怀孕，不远游。

二、妻怀孕，包家务。

三、妻怀孕，乖乖待在家里。

哈哈，写到这里，我的怨恨都消失了，接下来我要找赵薇商量一下，如果我现在痛改前非，带她去度假旅馆重新享受人生来得及吗？或是她已经养成勤俭持家只住一星旅社的习惯了？

哎，我想太多了，还是把靠——靠旁边的这本书送去给老婆大人，向她认错，的确有人旅行可以不必行军。如此，我能立地成佛？

《时报周刊》社长 **张国立**

# 旅馆，就是要给人这样住的！

一直以来，旅馆对我而言，始终有着一种难以言喻的吸引力。

作为旅者于旅行过程中不可或缺的停靠驿站，一直以来，我看待旅馆，从来都不仅仅只是落脚、休憩之所而已。

撇开那种全世界各地一式一样的连锁商务型旅馆不算，旅馆其实容纳了每个城市、每个国家具体而微的生活缩影：当地建筑格式、室内陈设、家具形制、器物样貌，以至于起居作息习惯、家居流行时尚……自入住一家旅馆开始，便能一一近距离观看与体验。

而除了以旅者的角度来观看，我也总是认为，旅馆是极少数能集所有的感官——眼（视觉）、耳（听觉）、鼻（嗅觉）、舌（味觉）、身（触觉）、意（心灵）等各种享乐于一体的场所。

尤其是进入二十一世纪，当享乐一事已然逐渐成为一种全方位的旅游，甚至生活显学之际，各种精彩旅馆如雨后春笋般不断推陈出新，且大至立地位置、运营规模、建筑规划、空间设计，小至一张午睡榻、一只靠垫、一方肥皂的形状材质色彩和摆放位置，每一方寸均有学问、有讲究、有创见。

这是人类各领域智慧的交融荟萃，每每以此汇聚建构而成的享乐艺术、视野与境界的突破和超越，无不令人折服而赞叹不已。

也所以，作为深深着迷上瘾的结果，这么多年来，我的旅程，从一开始的偶尔视预算宽裕程度，至少一夜两夜享受一下当地知名旅馆的滋味，渐渐转为直接以探访好旅馆为主题与经纬。

不管是奢华岛屿度假胜地、城市精品旅馆、日本温泉旅馆，还是荒漠中的帐篷旅馆，我喜欢的旅馆多半规模不大（房间约十数到近百），但风格均极突出，有的是城市个性鲜明、时尚意味浓郁的 Boutique Hotel，有的是已然蔚为某种重要趋势或潮流的领先发声的现代建筑师的标杆名作，有的则是以独特的形式与设计规划著称、引发各方热烈讨论的名所。

然而，或者也就是出于这样一种几近于朝圣抑或进修的心情；这两年，我渐渐发觉，我竟然好像很少在这许多旅馆里真正放松和享乐。

从入住的那一刻开始，我马不停蹄，感官雷达全开，细细观察、思索、比较周遭所有物事细节，所见、所闻、所尝、所经历均悉数拍照，写心得感想、记笔记，阅读所有相关数据，向旅馆相关人员询问各种问题……

在这样的情况下写成的文字不免在探讨与审视形式、趋势、设计、规划视野，以至于陈设小节上徒增重担（抑或“包袱”？）。

真是累死人呢！——一年年过去，我虽感叹越来越觉得疲惫，却完全旧性难改，每回入住一家全新的旅馆，依然无法遏制将上述行动全数重演一遍的冲动。

这当口，读了詹仁雄的这本《人二雄路线之好旅馆》，深有所感。

知晓詹仁雄许多年，除了最为人所知的电视节目制作人的身份之外，我特别对他的各种平面创作印象深刻，比方他的两性散文作品，看似完全是男人的观点，却都能对女性一击中的；比方他的漫画，到现在，《非常办公室》里那许多看似异想天开却着实辛辣写实的笑点，每每回想起来，仍旧让脱离上班族多年的我捧腹不已。

而今，在《人二雄路线之好旅馆》里，不仅具备了隐藏在他的漫画与散文作品中的犀利的洞察力；分外吸引我的，还有他那一贯特有的幽默诙谐的语气与洒脱但准确的叙事笔调，娓娓述说着一连串旅程里的各种遭遇和所见所体验的点点滴滴（然而，这些故事无愧于其电视节目制作人的身份，有情节、有影像，仿佛有声音，活色生香地跃然纸上），然后交织在一起，清楚地勾勒出一家家旅馆的迷人情貌。

那么严肃干吗呢？——开开心心、愉悦畅快地读完非常人二雄风格的这本旅馆书，我渐有所悟。

旅馆……本来就是要给人这样住的嘛！欢喜就好！自在最好！

美食旅游作家 **叶怡兰**

# 败家子的解释

我没买过一张股票，没有投资过任何生意，没有外币期货的交易；我数学很差，不会玩数字游戏。

我不抽烟，不太喝酒，不用鱼翅漱口、不用鲍鱼泡妞……我肝指数偏高，太刺激的东西无福消受。

我只赶流行买过一次彩票。到拉斯维加斯五天，只待在牌桌前五分钟，对花钱赌运气的事情，几乎冷感。

我不爱戴戒指、项链，拒绝穿戴任何阻绝我皮肤呼吸的装饰品；对穿金戴银和不善待身体这两件事我都有意见。

爸爸除了务实和爱家人的个性，没留给我什么财富。因此，很久以前，我就领悟到自己不努力是没退路的。从十八年前暑假的水泥厂搬运工到现在，我的职场生涯不算短，自然就多了一点余钱

## 虚荣还是实荣

花钱不过是一门换算的学问
有人换安稳
有人换刺激
有人换爱情
有人换权力

可以做我想做的事。

当赚钱时，我总迫不及待地投资在生活上，我购买锅碗瓢盆、床单、沐浴乳、面纸盒、精油蜡烛……柴米油盐等各类琐事不假他手。我血拼鞋帽衣袜、表、旅行箱、牛仔裤、羽绒外套……

从米兰到代官山，无役不战。

我乐于耽溺在设计师的创意里，也享受好的对象带来的舒适；学习陶朱公千金散去还复来的豪气，实践达赖喇嘛每年去一趟没去过的地方的教诲。

我是及时行乐的模范生。

我的存款只保持理财专家说的三个月薪水额度。与其说我爱消费，不如说我喜欢把自己努力的成果变成可以摸到、看到、感受到的实体，存折上的数字消长并不能让我亢奋。

换算方法不同，产生不同价值观的人

也就有了贵与廉的差异

换言之

一百元买到的幸福未必便宜

一百万买到的幸福不见得昂贵

端看阁下人生币值的面额多寡而论

你当然可以说我败家、奢侈、虚华……

我没意见。

但我花的每一分钱我都记得是何时赚来的；我买的每一件东西我都清楚自己为何买它，也就是说，我不是购物狂，我只买我用得到的东西。

目前为止，我还不曾怀疑过自己的处世态度。每天醒来我都会感激上天给我的好运气，让我可以一直朝着自己坚信的国度挺进，所以我 MSN 的代号是“好命人”。我相信，认为自己的命好，命自然就会好(拜托！请别用阿扁的语气，那会把这篇文章给毁了的)。

有个朋友说，讲自己败家的哲学颇为缺德。说真的！我无意冒犯辛苦工作或手头拮据的人。

我刚到台北的时候，也曾过着一桶一桶煮洗澡水，两人挤一张单人床的日子，更惨的是旁边睡的还是个男的，我完全理解现实咀

花钱的实荣定义难下
倘若只有节俭朴实无华一途
仅以世俗认定的存款多寡保值空间来作批注

我宁愿做个虚荣的人

嚼梦想的苦楚。

可是，当我贫穷时，别人富足的画面都是我努力引擎的燃料。于是，我也这么推测着别人，希望大家是用正面的角度在听我说话。

说了这么多，或许有人搞不清楚，我究竟想解释给谁听。

其实事情是这样的——

因为我上个月去了两家阿曼系列饭店（Aman Resort）打发我的年假，就是“假会”、“自以为”有品位的人都爱去的一家旅馆，当我收到账单时，住宿费贵得让我难过，想找人聊一聊，可是大家都说我“活该”！！

所以，我想写一篇文章勉励自己要坚强地活下去，已经很少有人这么执迷于促进消费市场活络了；而且，自认为命好，命就会越来越好。

不是吗？……希望是！

以下是我几年来
出关入关
check in check out 的心得
没有浮夸炫耀之意
出版此书唯一目的

独乐乐不如众乐乐——如此而已

# 目 录　CONTENTS

# 马尔代夫希尔顿度假村

## Hilton-Maldives Resort & Spa Rangali Island

应该算是史上最豪华的度假村了，整个饭店坐落在伦格里岛(Rangali Island) 和伦里芬湖岛 (Ranlifinolhu Island) 两个小岛上，连接这两座小岛的竟然是一条建在海上的五百米可供人行走的桥，美得没话说。

从马累国际机场搭水上飞机到希尔顿的度假村要三十分钟，如同位于马尔代夫其他一岛一饭店的岛屿一样，马尔代夫希尔顿度假村由两个岛组成，从空中鸟瞰，会觉得整个海洋好像都属于你，有种令人不知所措的广大感。整个 Resort 共有一百五十个房间，四周环绕着各种珊瑚礁岛，这次的东南亚海啸也多亏了这些美丽的珊瑚礁，才让马尔代夫的希尔顿饭店没有受到任何损坏。

Hilton - Maldives Resort & Sap Rangali Island
Address: South Ari Atoll, PO Box 2034 Republic of Maldives

Rooms: 150 , including
Beach Villas: 25
Deluxe Beach Villas: 75
Water Villas: 40
Deluxe Water Villas: 8
Sunset Water Villas: 2

T: +960 450 629
F: +960 450 619
E-mail: maldives@hilton.com
Website: www.hilton.com/worldwideresorts
www.hiltonworldresorts.com/resorts/maldives.html

# 马尔代夫的性感饭店

旅游地点成立的原因很多，大部分的人要去何处，几乎都有明确的动机。

去代官山是因为有一堆东西可以血拼，顺便弄清楚台湾的偶像歌手和主播宁愿冒着被偷拍的危险也要走访的原因。

去巴黎是因为《欲望都市》的凯莉孤单走在塞纳—马恩省河畔的身影，让你想去体会多情女子在花都的情伤，也想去瞧瞧《达·芬奇密码》中藏着几个世纪秘密的卢浮宫，还因为 Louis Vuitton 在那边是在台湾的七五折，这对某些人是最重要的一点，谁管凯莉嫁给谁、耶稣有没有谈过恋爱。

去巴厘岛是因为连管理员伯伯都被女儿带去做过热石 Spa 了，自己只泡过阳明山温泉和做过通化街脚底按摩的经验真是太端不上台面了。

这些源于心灵底层被电视、电影、杂志或明星们影响后的声音，总会在需要休息或度假的时候，变成你旅游的领航员。

而我，去马尔代夫的 Hilton 饭店，却纯粹只是因为一封 E-mail，一封一天收到三次的 E-mail，没有任何的人生记忆作为参考依据。

年终的一天，打开计算机后，分别收到来自不同的三个人，但标题都是“美得不行的梦幻饭店”的信件，在打开内容之前，我先说明一下我会互通电子邮件的网友们的类别：因为本人双子座的好奇心与喜新厌旧的特质，我绝少会收到什么劝人向善的心灵小语，而那些养生餐厅地图跟家具收纳的五十招，我几乎没打开就转寄了。久了，我常收到的信件大概只剩两种：一种是美女们展现生命力的艺术照片，虽然艺术照这几个字我说得心虚，但在这种公开发行物上，我还是要优雅一点啦！

另一种就是五花八门的怪东西了。这心态很有趣，有时大家像是互相较劲似的，如果信件不稀奇就像说了个冷笑话一样，所以我伟大的网络朋友们，寄来的大多会以严肃的筛选、搞笑方向的标准来满足我的好奇心。

也就是因为如此，连续收到三个人转寄来的同一个邮件，你就不难理解我对这封主旨为“美得不行的梦幻饭店”的信有着怎样一种期待了！

打开信件后，我看见了一张张在碧海蓝天的饭店照片，载着饱和阳光的海上小屋，神奇地漂浮在如同画出来的海水上。

其实，马尔代夫的海很容易辨识。

那种像苹果口味碳酸饮料颜色的乳青色海水，非常独特。会画画的人知道那是要用蓝色、绿色、白色等比例的颜料混在一起才会有的粉色系。人在这样的海洋，配上湛蓝无云的天空，会有处在明信片里的错觉。

饭店大块大块原木建筑的海上屋，放在海天一色的背景里，视觉感受十分舒服，而最让人感到兴奋的是，它用玻璃做出的地板——透明又豪气的大玻璃就踩在脚下，这是个聪明的设计，因为马尔代夫岛屿旁的海水都不深，从客厅的地板就可以直接观赏魟鱼、魔鬼鱼、小丑鱼在你脚下的珊瑚礁穿梭。

这跟你到夏威夷、普吉岛穿着黏黏的救生衣，跟一堆陌生人挤在玻璃船上十五分钟，花一百元美金看海底稀疏的鱼群，完全是两回事。

电视里的海底世界不费力地全出现在你的卧房里，喜欢大海的人，还有什么比这个还过瘾?

看完最后一张的时候，对海始终有着偏执的我心想：“与其说她美得不行，还不如说她性感得不行。”

性感是个很对味的形容。

有的女人漂亮、有气质、身材也不错，但你不一定想碰她，因为有距离，需要花点头脑或时间，没耐心的男人宁可远观；但性感女人散发的吸引力，可就另当别论了！男人对那种费洛蒙的味道很难抵挡，找到机会绝对要一亲芳泽。

这家饭店给人的感觉就是这样，你好像不用啰哩啰嗦一堆废话，不用苦恼行程要怎么安排，带一条短裤、一副蛙镜、一个好心情，她和她那碧蓝色的头发，就会热情地拥抱你，彻夜看鱼、看船、看月亮，光是躺在那里吹海风就让人感到幸福。

用脚趾头都可以想象，是吧!

可惜我的脚趾头被下午的一场寒雨搞得很僵。

湿冷的空气很快就把我弄回到我的计算机前，现实的状况是，我坐在外面堵车又下着讨厌细雨的台北东区的办公室里，没有魟鱼和珊瑚礁，小水族箱里的水藻多得让我不确定还有没有其他的生物，眼前唯一乳青色的东西是：总机妹妹借我的那把淑女伞，毫无性感可言。我跟我伟大但可怜的网友们靠着几张岛屿饭店的照片相互取暖……

认识我久一些就会知道我是那种急性子，常常会有疯狂的冒险念头（对旅游来说或许是个优点），武侠小说中有个形容词——“说时迟那时快”。

我开始有个想法，不如就去这里看看吧！不晓得一般人决定一个旅行点需要多久的时间，但这个花了我大约二十秒吧！我又用了三十秒打字，回复其中一个寄给我的人：

亲爱的朋友：
这里很赞，我想去游个泳。

我的朋友很快回给我：

亲爱的阿雄：
你有神经病！你连这是哪里都不知道还想去，你干脆去火星烤肉好了。

他说得没错，虽然马尔代夫很好认，但你没去过还就是没头绪，不过这阻止不了我认真二十秒后下的决定，我马上又回了一封：

你这个俗人，我要去这里过年，你等着我站在玻璃地板上的照片吧！哈哈哈！

前面的话的意思我不用解释，至于最后的三个“哈哈哈”，那代表以后别再寄给我这里的照片了！你这个没有冒险精神的人，等着羡慕我吧！很欠揍，我知道，但若不欠揍，你怎么会看到这本书呢！哈哈哈！

于是，我仅凭着几张照片和几个旅行社的朋友，两天后找到这位在印度洋上十九个花环状岛屿的性感饭店的芳踪。一个月后，我经过新加坡，又坐了四十分钟的水上飞机，在叫做“伦格里”和“伦里芬湖”的小岛上跟她相遇，还共处了三天。
然后在上班的第一天寄照片给我的那位网友。

哈哈哈……

这趟旅行我得到三个结论：
第一、二十秒做一个对的决定已经非常足够。
第二、没有冒险勇气的人永远只能在办公室上网叹气。
第三、再怎么样也要搞个旅行社的朋友吧！你找不到饭店的时候，这些家伙还真有用。

马尔代夫几乎都是一岛一饭店。

人二雄路线指标

如果你在台湾找不到适合的枕头和棉被，不妨试试饭店里让你睡得香甜的寝具，大部分都有出售，但价钱会比外面的行情贵一到两成。

# 玻璃地板的代价

水上飞机停在连接两个岛的便桥的中间点，客人一下飞机，第一个面临的问题就是向左走还是向右走，左边是一晚六百五十美金的盖在海上的 Water Villa，右边则是一晚三百五十美金盖在沙滩边的 Beach Villa，虽然同属一家饭店，可是费用差了将近一倍，这有点像是一边富一边穷的分类法。

明白地说，往左边走的是行情好的尊贵品位，右边的是平价的大众口味。

这像不像咱们两岸的情势，都是中国人，只隔着一条海峡，实力差很多……算了，旅游不谈政治，回到桥上，大家跟着我往“右”走吧！对啦，平价路线啦！！

我的如意算盘是一天住左边，一天住右边，不就两边都可以玩到？另一个考虑是多少可以省一些，不然连住两天左边挺吃力的，反正到过玻璃地板的房间拍张照，我的愿望就达到了嘛！不用天天住嘛！天天站在玻璃上面不踏实！

虽然都已经知道这就是有着玻璃地板的饭店，我还是怕万一弄错，

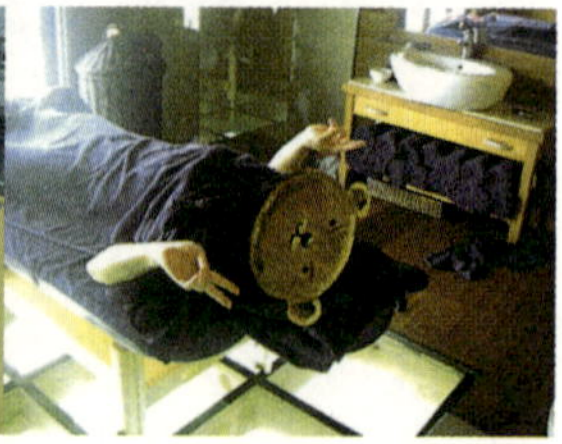

趴着可看到魔鬼鱼的 Spa，超正点！

专门为了让你看夕阳而设置的椅子。

事情就大条了，这不能开玩笑……就像我走一走会摸摸口袋确定钱包还在的心情，如果出了乌龙，我可是会躺在马尔代夫的沙滩上，像广告那样手脚并用地哭喊着："这不是玻璃地板！！这不是玻璃地板！！"才不管我自己几岁！

虽然行李都还没上车，这个疑问一定要有答案，否则不太安心，我怯生生地问带路的服务生：

"请问你们的饭店就是有玻璃地板的那间吗？"

"是的，先生，马尔代夫只有我们有玻璃地板的房间。"他骄傲又肯定地回答。

我听了忍俊不住地点头，开始想象着要用什么姿势躺在美丽的、看得到海底的、出现在我计算机上的玻璃地板上拍照。

"不过只有 Water Villa 有……"他赶紧补充，因为我们往穷人的方向走了。

“喔，当然当然！”我马上说我了解，价格不就是差在这欠揍的地板上吗?

“我明天就换成 Water Villa。”为了让他知道我不是天天当穷人，我立刻表明我的计划并在说这句话的同时，给了他一个贵族式的点头微笑。

“不是，先生，我的意思是只有一间房间有。”他抱歉地说。

“啊！只有一间，那是怎样？难道要抽签吗？”我心里想。“那……我的房号是 xxx，那间的地板是玻璃的吗？”我晓得机会不大，但没准我就是这么好运，不用抽签就是我的了，我是好人嘛！

“噢……不好意思；不是……那间的价格比较贵。”他的笑容充满歉意，原来尊贵之路还有更尊贵的选择。

“咳……那要加多少？”虽然不知道差额，但能差多少呢？不过就是几个臭钱，我一副要跟他拼了的样子。

“噢，这间一晚要三千美金，附一艘游艇可以使用。”他回答。这个价格的威力有如带着助跑的降龙十八掌直接呼在我的脸上。

“什么！！！！！！！！！”我的音量大概是原来的一倍。

“我说附一艘游艇。”他又讲了一次，他以为我没听到后面的。

我管你要附游艇还是航天飞机，三千美金？台币十万？换算后差点没晕倒，谁住得起啊！这不是普通的昂贵，这是皇亲国戚的价

Beach Villa 的按摩 Spa 门口。

格吧！原来玻璃地板的代价是十万新台币！

这真的太贵了，我没办法。

“所以你们明天要换到那里吗？刚好明天的房客要退房。”他看着类似中风的我又问。

“啊……太贵了，住不起。”我叹了一声苦笑地答，这口气真拼不下去，拼下去的话我大概还得在马尔代夫捕鱼还债，我想。

我钓起的第一条鱼，可惜后来被料理得大打折扣，只会炸鱼的自助餐厨师，竟然把美味的海鱼切片油炸，真是太可惜了。

任平民级的水
上屋，你都会
有一戸邻居。

也许他看出了我的失望……

“还是你想要先参观一下再决定？等明天你们换到 Water Villa 前，我可以先带你们去看看。”他体贴地说。

“可以吗？”我兴奋地问。

“只要拍张照片就好了！——其实。”那很像是一种孩子气似的给自己的交代，住不住已是其次了，况且，玻璃地板配上那个价钱更不踏实了，我不想自己这么不切实际。

“你可以拍很多张。”他促狭地眨眨眼。

我们相视而笑。

看着他的脸，我明白水上飞机也安全降落在梦想上……

我就是寄这张照片给我网友的，玻璃地板的客厅桌上还残留着前一天有钱房客吃不完的蛋糕，我的拍照姿势一看就知道是游客。

Spa 等待区也可以泡 Jacuzzi。

人二雄路线指标

信封、香皂和洗发精都是每天要补充的，别客气，尽管拿！！（旅馆沐浴用品的盖子通常盖得不太紧，放在旅行箱里要注意，否则有你洗的。）

# 上帝打扫过的夕阳餐厅

你仔细看看每一家海边饭店的餐厅，会发现它们的名字也有菜市场名，不是叫 Sunrise（日出）就是叫 Sunset（日落），再不然 Coconut Shadow（椰子树影）、Moonlight（月光）、Seabird（海鸟），也是排行榜的前几名，反正海边能看见什么就是什么名字，鱼、虾、珊瑚、乌龟、椰子树通通都来。

在别的地方或许你会忽略这件事，因为很少人会去饭店附属的餐厅，玩水、参观、逛街的时间都没有了，除了附送的早餐之外，谁有空去耗在饭店里吃饭，而且还要付钱……不少的钱。

但到马尔代夫，一个浅礁的岛屿组成的国家，一个没有 Gucci 专卖店、没有麦当劳的度假胜地，一个岛跟岛之间都相差好几海里的地方，尤其我住的这家饭店，还离最热闹的马累岛三十分钟飞行距离。嘿！你真的没办法任性地说：“老子要出去散散心！”、“我吃腻了这里的早餐，我要出去吃！”之类豪迈的话。

所以，你必须很认真地思考，去面对岛上只有一两家餐厅的事实，想打猎树上只有夜鹭、想钓鱼岸边只有小丑鱼的情况，要好好吃

全岛唯一的餐厅，Sunset Grill & Bar。

一顿，就非得掏钱进餐厅了事不可。

有些人会说带泡面干粮去，当然也是个方法，但不是我的风格，我总觉得如果你都花得起钱去住好饭店，就好好有个花得起钱的人的架式；不然，就像买了整套的 Gucci 衣服配个夜市买的荧光球鞋，不是不行，但就是不对劲！

我不是晋惠帝，我知道民间疾苦，但这里就是这样啊！真的没地方跑，每一家饭店都是这种情况，我去马尔代夫的第一天，因为时间的关系，没有交通工具可以配合到我的饭店，必须先住在马累岛一晚，我住的那家叫做 MALA PLAZA HOTEL，名字听起来很厉害，对不对？价格也不便宜，一晚要价台币四千二百元（这是泰国五星级饭店的行情）。告诉你，它没有泳池、没有健身房，房间跟青年活动中心差不了多少（准确点的形容是它们只输给青年活动中心一些）！窗户关不紧、热水不热，打开客房服务菜单，一客汉堡要四百五十元台币，你说你想不想打人？

住在里面，让我想起了高中的公民训练，只差没人带动噜啦啦的团康活动，否则几乎一模一样了，去马尔代夫度假不太可能物美价廉的，它最能捞本的地方就是那触目所及的美景，你的记忆库能带走多少算多少，其他的省不了。

如果经费不足又想去马尔代夫的话，那可不可以建议你，泡面的选择起码到马累的杂货店去逛两圈再决定；否则，在印度洋的暖暖海风下大啖味味 A 面、阿 Q 桶面，感觉太苍凉。

正因如此，我的第一顿晚餐就是在 Sunset Restaurant 度过的。走去餐厅的时候，看见落日余晖在海上拉成一条橘红色的光带，我打趣地说：“该不会又是一家 Sunset 吧！”

没想到在这么脱俗的度假天堂，却还是逃不过海岛餐厅菜市场名排行榜，不过接下来的事，可就让我这只歪嘴鸡（本人属鸡，又爱挑剔）吃了顿在马尔代夫最难忘的晚餐。

餐厅叫 Sunset，造型也就和其他的海岛餐厅最喜欢的花招一样，是一间盖在海上的五角形房子，比较特殊的地方是，它在中间的主体结构向外延伸出三个可以放一张桌子的地板，而地板是玻璃（这是一定要的），房子的中间是个圆形的吧台，你可以看见厨师在你面前直接“处理”刚捞起来的生猛海鲜，再送进厨房烹调，不过，外面的美景却更吸引我的目光。

马尔代夫夕阳美得真的没啥可说，在四面临海的小岛上看夕阳，没有其他元素会干扰你观赏，偶有一两只海鸟飞过，远处渔船点点，只会衬托落日的硕大，不像巴厘岛金巴兰海滩，有四周林立的饭店、有飞到晚上的班机、有唱着不标准国语的《月亮代表我的心》的歌声缭绕，明明是同一颗太阳，这里的却干净得像是上帝为你用拭镜纸擦了一次。

惊喜不止于此，餐厅的底部放了几盏灯光，便吸引了不少向光性的浮游生物，随之而来的是各式的鱼种，最让大家惊呼的就是马尔代夫人引以为傲的魟鱼了。这家伙很有趣，每只大概都有两米长，很大却很优雅，它们三三两两自若地在你的脚下飘来飘去，完全不理会我们专心的注视和隐忍的笑声。

傍晚海风用凉爽的温度不断吹送，太阳落下，月亮升起，带来潮水更迭的节奏声， 厨房的烤虾香味阵阵袭来。

在如此场景里用餐，啤酒变得爽口、Rainbow Runner 肉显得鲜嫩、美女越看越正点……

这画面对一个月前还在台北望着水藻叹气的上班族，实在是个梦。

若有谁还要用阿 Q 桶面把我带回忠孝东路，我想所有马尔代夫有腮、有翅膀、有尾巴的朋友们都会深深、深深地谴责你的。

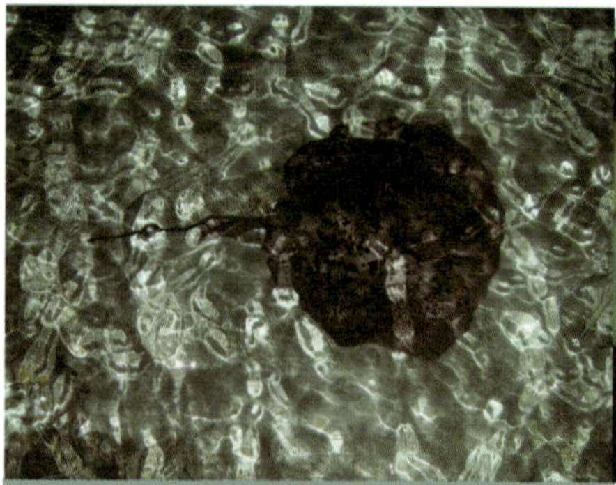

餐厅下来穿梭的魟鱼。

# 马尔代夫旅游通

**Δ 飞行时间（从台湾出发）：**

约九小时，要在新加坡转机，台湾到新加坡要四个半小时，新加坡到马累机场也要四个半小时，再搭水上飞机三十钟即可到达马尔代夫希尔顿度假村。

**Δ 货币：**

Ruffia（马币单位）、美元。一台币可兑换零点三五 Ruffia、一美元可兑换十 Ruffia，不过美金在大部分地方都通用。

**Δ 语言：**印欧语系的迪维希语、英语

**Δ 时差（比台湾时间）：**晚三小时

**Δ 电压：**220V/ 240V

**Δ 交通状况：**

马尔代夫群岛共有一千一百九十多个岛屿，岛屿之间的交通以椰树制成的多尼船 (Dhoni)、快艇以及水上飞机为主。

**Δ 适合造访的月份或季节：**

四季皆夏，气温约二十五至三十摄氏度。

**Δ 附近的著名景点简介：**

希尔顿饭店坐落在亚里南环礁 (South Ari Atoll) 上，距离马累国际机场所在的北马累环礁 (North Male Atoll) 约九十公里。马尔代夫希尔顿度假村分布在伦格里和伦里芬湖小岛上，两个小岛通过一条长五百米、跨越蓝色礁湖的人行桥相互连接，远处望去是一片美丽的掌形白色沙滩，希尔顿的海滩远近驰名，是这里的特色景点。2004 年底的东南亚海啸，很幸运地，马尔代夫并未受其波及，这也都要归功于马国对于自然珊瑚礁的保护，没有滥加毁坏；受到周围珊瑚礁的特别保护，在上次的海啸中，马尔代夫希尔顿度假村才幸免于难，能保持完整，所以，希望往后来到马尔代夫的游客都可以好好保护自然生态。

**Δ 相关可查询的单位或网站：**

http://www.visitmaldives.com.mv/index.php

# 柬埔寨阿曼莎拉

**Amansara**

享誉世界的顶级阿曼系列旅馆 (Aman resorts) 一向以在原始或特色地区建立舒适的居住环境并能享受与大自然融为一体的住宿风格著称，目前在世界各地有十七间风格不尽相同的旅馆，旅馆的简约、融合东西方风味以及强调与自然的亲密接触，成为各界有品位人士争相预约的系列旅馆。

而阿曼莎拉 (Amansara) 是阿曼系列旅馆在柬埔寨的精彩作品。据说之前是柬埔寨王室 (King Norodom Sihanouk) 的别墅，2002 年 12 月改建完成，其中有十二间大小不等的房间，坐落于离吴哥窟入口约十分钟路程的地方。

Amansara:
Address: Road to Angkor, Siem Reap, Kingdom of cambodia
Rooms: 12 T: +(855 63) 760 333 F: +(855 63) 760 335
E-mail: amansara@amanresorts.com
Website: www.amanresorts.com

和日月潭的涵碧楼一样，都是澳洲建筑师 Kerry Hill 的作品，建筑师保有了旧宅原貌，加入了九十年代末期流行的简约东方禅味装饰，融合了六七十年代的旧和世纪末的极简，其中建筑的凛然广大与服务人员的用心，实际感受之后，说阿曼莎拉是二十一世纪的美好佳作，一点也不为过！

# 阿曼毕竟是阿曼

四月的短暂雨季的午后，无意间和朋友聊到柬埔寨的吴哥窟，谈到那边的雕刻和寺庙建筑很棒，法国餐厅不错、物价便宜，东拉西扯半天，聊到最后的结论是：找机会一起去看看！

天知道我没认真地想过这句话，那很像是一种要结束话题的客套语，用比较精准的都市人的角度来解读那句话，意思就是：如果有来生，我们就一起去吧！

所以，我也就没想过这个位于中南半岛、极老又印度化的城市，跟我会产生任何的联系。

直到六月，闷热的空气想把人逼到台北以外的地方，我必须开始搜寻逃难地点，而把阿曼系列饭店的网址加到我的最爱，随选了一张饭店的照片当桌面时，赫然发现那张就是阿曼饭店在吴哥窟的据点“阿曼莎拉”！这不是唯一的巧合，接下来的几天，我在电视上看到《古墓丽影》的重播，看见公交车的车体广告贴着“百年吴哥窟展”的海报，还收到越南朋友寄来的高棉微笑佛头的E-mail，我开始怀疑，这会不会是神迹？

“梵天神”、“湿婆神”、“毗湿奴神”……难道想启示我什么吗？

柬埔寨最著名的景点，微笑的高棉佛头。

我必须先说明，我是个无神论者，对于这些事，我会想成注意力过于集中而被暗示遇到巧合的人类行为学；但是，当我的一个在杂志社工作的朋友忽然打电话问我："喂，我最近在做阿曼系列饭店的特辑耶，你有没有去过吴哥窟的阿曼莎拉？"

这下，我有点动摇了！

他这一问，我心想还是去一趟吧！免得再被暗示下去，连看到"吴大哥"、"贫民窟"这种字眼都好像是神的指示。

反正，我本来就想去阿曼系列的饭店朝个圣。

对一个自诩为资本主义模范生，又老爱钻研一些生活乐趣的人，没去过阿曼总是个遗憾……再说还有直飞的飞机，饭店网站上还写着包两餐附导游驾驶，连 mini bar 的饮料都随你喝到饱，这对第一次要花钱去住阿曼的小气鬼，真是个大诱惑。七百美金不含税的饭店价格，如果啥都没有，是会令人手脚冰冷的。

我记得是星期三决定去的。

星期五早上我就坐在飞往吴哥窟机场的远东航空直航客机上了。说真的，有点意气用事，否则这一趟我应该会有更好的玩法，过了某个年纪之后，很多事还是要细细地思量，不然遇到更好的选择的时候，你就会被自己中年的后悔性格跟碎碎念搞得很烦。

阿曼毕竟还是阿曼。

这趟旅行仍旧是很值得回味的，而且我一出机场就肯定这件事了。

柬埔寨的机场很小、很简单，或者说简陋。机场外是一片无际的杂草，我怀疑通关的地方连冷气都没有（或没开），在这样的地形和硬件下，出了通关口只能在机场的屋檐下遮阳，却难挡袭人的热气，你说这样的情况下你最期待的事是什么？

没错，你猜对了！

阿曼莎拉的复古奔驰车早就停在机场外最显眼的地方，开着冷气等着你，而穿着白色制服的服务生在你一上车的同时，就递来冰水和冰毛巾，请注意，是依云的矿泉水（这不只代表品牌，还代表着安心饮用，尤其是在便利超商不普及的地方）。其实这只是小动作小成本，但在对的时间一瓶冰透的、安全的水，足够发挥大效应，就像你寂寞的时候，热情的猪头也会变帅哥一样。

沿路，叫xxx的服务生，用还算流利的英文解释这台古董车的历史，说它记录着吴哥窟某个权贵时代的风华……看着黄土路上瘦得不象话的牛群和骑着脚踏车载着半人高的柴木的柬埔寨农民，不难体会到这台三十五年岁月显耀着资本主义标志的交通工具，能隔绝的东西实在是太多了。

amansara

去柬埔寨，很难不去注意到这个国家的贫穷。虽然你是个观光客，重点在玩，没理由那么多愁善感。

正因如此，让人不断地陷入同理心的折磨，因为，你会不停地想到自己是多么的幸福；而他们是多么的辛苦。然后，挣扎在同情与自我谴责败家的漩涡。

但，再想想，我觉得自己多心了，贫富的差距，应该不是只有用钱来衡量的；从小在乡下长大的我，最美丽的回忆，全都与收入无关。住在没被开发的古迹里，四处都是自然，唱首歌、吃块糖都幸福无比的他们，比我富有多了！

吴哥窟到处都可以看到天真的牧童，及拿着锄头上课的学生。

在距离小吴哥窟遗迹不到十分钟车程的位置，阿曼莎拉的身影被一派简约的招牌和白墙围在沙尘弥漫的街道上。这跟向来诉求与世隔绝的阿曼集团，有着不太一样的风格，对面是“莱佛士饭店”(Raffles Hotel)，饭店外的广告牌写着周一、三、五的法国全餐打八折，让人很容易就联想到柬埔寨的外国饮食主流导向，毕竟连吴哥窟都是法国人发现的，饮食习惯法国化在所难免。

据说，阿曼莎拉的前身是一栋柬埔寨贵族的别墅，2002 年 12 月才改建完成的，里面有十二间大小不等的房间，我住的是其中最便宜阳春价格七百元美金不含税的房间，我收到账单的时候，银行换算成台币的价格一晚是二万六千四百一十八元新台币……对不起，虽然已经有一段时间了，但这件事想起来，心里还是抽痛了几下，有点哽咽……也因为直飞的航班每五天才来回一次，所以，我得硬着头皮住四晚，总价我不想再说了……太、伤、人、了。

但这也就是我说的遗憾，如果我重新定计划，我大概只会在阿曼莎拉住两天，其他的两天我会住在对面的莱佛士饭店，或在斜对面的维多利亚饭店，主要的原因等一下告诉你，最实际的是住宿费用会大幅降低，上述的两家饭店一晚贵点的不过二百八十元美金，普通的了不起一百八十元美金，这价差可以让你多买二十尊佛头或是一台八百万画素的单眼相机。

唉……不提了，我又像个啰唆的中年人了。

进入阿曼莎拉的饭店内，先前对它设在市区的疑虑马上有了些许

各国阿曼饭店的钥匙圈造型都不同，此处是大象。

的化解，车子经过了警卫和二十米的小径，在重重的大铁门（因为是人去推的，感觉起来更重）关起来的瞬间，好像也把那些喧嚣给封锁了。

或许是心理因素吧！

但是小径旁用枪支折成的装置艺术品，迎面而来的笑脸和冰毛巾（接下来的五天，每天都有冰毛巾），饭店主管的亲切问候，幽静的安逸感，或多或少分散了我一路上看到沙尘街景的不适应。

阿曼毕竟是阿曼。

就算在这个市容实在不怎么样的地方，还是能让人如入化境，很像小吴哥窟旁脏脏的水面上浮出的一朵莲花，环境只是更衬托出它的清丽罢了，尤其是第一次的阿曼之旅，我像是刘姥姥进大观园，玩耍都来不及了，怎么有空去抱怨呢？

# 只说一个惊喜

我实在不愿意在此把阿曼的路数说出来，就像我不喜欢把电影的情节说给人家听一样，可是如果不说，大家就不晓得他们厉害的地方，所以我只讲一个如何？

我跟朋友讲一个我对阿曼的观感，我说，如果旅行的疲惫是必须存在的，那阿曼一定是消灭疲惫的精算师。

去吴哥窟当然是参观寺庙跟佛像雕刻，但是柬埔寨人的古庙，每一座的阶梯都是又高又陡（我目测大约都是七十度，甚至九十度角的倾斜），想要登顶都要用很丑又贴近阶梯的姿势以防摔落万丈深渊……虽不到万丈，但心里的压迫感犹如万丈，所以你爬上去的姿势用白话讲就是：像狗一样爬啦！据说古人就是要让信徒们了解上天的伟大跟人类的卑微而设计这个阶梯的，加上吴哥炎热的气候，当你看完了两个庙后，保证你也会累得跟狗一样。

游览吴哥窟的疲惫绝对排在我多次旅行经验的前几名。

旅行或参观总有告一段落的时候，就当你坐在车上，经过街上让你毫无购买欲望的俗艳手工艺品跟仿冒名牌，呼吸混着废气跟沙子的晚风回饭店，拿了已经不会再有感觉的冰毛巾时（因为一条毛巾不会消除你的肌肉酸痛），旅行到此阶段，的确会有少许的失落……

但当你打开房门，发现整理好的床上有饭店准备的小礼物（每天都不一样），窗帘已经拉开了，庭院点起了几盏造景的烛光，房间里有着当地的音乐和淡淡的精油香味。

而浴缸的水放到七分满，手一碰，你就会惊讶于他们是怎么算好时间，把水温调得刚刚好，刚好到能化解你发痛的小腿跟僵硬的背脊……

然后，你在床头会看见，他们把明天的行程跟建议写在一张纸条上，并愿你有个好梦；此时，你真的会微笑地泡在浴缸里，心中颁给这个精算大师一个奖牌。

每天在床头都会出现不一样的小礼物，这是当地手染的小餐桌布。

# 恶势力还是好势力

在吴哥窟街头，你会看见这种“摩托拉车”充斥四周，颜色很丰富，造型也挺多的，因为每座庙之间的距离其实都不太远，这种交通工具既方便又省油，还可以更清楚地观赏风景，所以也就很受观光客们的欢迎，柬埔寨人似乎也把这个当作他们的特殊景观。

不过，阿曼的摩拖拉车的颜色却只有黑跟白，而且其他摩托拉车的人好像都会以一种奇怪的眼神看着我们。我问驾驶员：

“阿曼在这里很有名吗？”

“嗯，大家都知道！”

“他们也都知道这是阿曼的车吗？”

“对！”

“他们的眼神好像有一点怪怪的，是好奇还是什么？”

“……”驾驶员沉默了一会儿，露出一种很暧昧的笑容。

“尊敬吧！老板和这里政府的关系很好，很有势力，powerful！”

我没再问下去，这台车好像代表着某种势力，可以在吴哥窟有着比较好的待遇，我坐在上面有点忐忑，不晓得是恶势力还是好势力，那味道像是上海滩杜月笙的人力黄包车。

算了，扯远了……

回到民生问题，虽然摩拖拉车视野广阔，如果你到吴哥窟也想尝试，请注意以下的慎重建议——若驾驶员的腋下味道强烈，我们坐在下风处的乘客，可真是逃都逃不掉，你的每一口呼吸都可以感受到吴哥窟人地道的风味。

不可不慎重啊！同胞们！

# 奥客*的测试

* 台湾话，从字面上解释就是"烂客人"，例如：挑东拣西、乱讲价的客人。

人一旦花了钱，就会想在所花的费用中拿到最大的好处。我虽然不是那种很爱跟老板计较的客人，但心态上还是会希望物超所值。这么一间所费不赀的饭店，这样的心情就特别浓厚。

可是，我又不是那种奥客，我最多就是每天藏两块香皂，搜刮书桌的信封信纸和火柴，免费的早晚餐多吃一点。

对一晚二万六千四百一十八元新台币的价格，我最积极讨公道的方式，也只能躺在无人泳池旁，想象着我用七百美金包下这整座饭店（大部分时间都没人使用，不像某些号称是“台湾阿曼”的饭店，游泳池边永远有一群死小鬼拿着水枪跑来跑去），然后催眠自己是猪，一杯杯调酒把它喝回来（要命！！一杯二百五十台币，要喝一百零五杯才回本）。

除此之外，我实在束手无策，mini bar 里的免费饮料我想我是喝不完了，因为你一喝完他就会补，捞本的成就感丝毫不存在，一天泡三次澡只是跟自己的皮肤作对，全身都泡皱了也花不了他们几毛水钱。

仔细看哦！餐厅的菜色可是每天更换的，这家阿曼的主管是厨师出身，菜色很赞。

而且，这些没水平的事，我怎么做得出来，那是阿婆旅行团的行为，我就算是个奥客，也是个专业的奥客，招数不会这么粗糙的。

不过说来也巧，刚好就在第二天的晚上，发生了一些状况，来测试这家名震江湖的阿曼集团对付奥客的方法。

先声明我绝不是故意制造这个机会的……

第二天从巴戎寺回来的傍晚，天色还有些亮，我突发奇想要骑脚踏车逛逛四周，跑到柜台说要骑脚踏车出门，因为饭店有好几辆脚踏车供人使用，我想一定要每一样东西都用到啊！不然不是太亏了吗？可是，服务人员却露出为难的表情，但还是礼貌地说：

“詹先生，还是我们派司机载你出去逛吧？”说完连忙把一台摩拖拉车推出来。
“可是，我就是想自己骑啊！”我客气地说。

这时服务生想了想，跑进主管的房间，主管微笑地走出来说：

“詹先生，如果不想坐摩托拉车，我们也可以开车送你。”
“不不不，我只是想骑一骑。”

我总不能把自己小鼻子小眼睛捞本的心情跟他们分享吧！另一方面，也不想把场面搞得这么大……

我……我只是想骑一下脚踏车而已嘛！

此时，我在左边，阿曼人员在右边，大家陷入好像两边帮派要落人的紧张气氛。

“很抱歉，詹先生，我们这里到了晚上，治安比较差。”女接线生出来温柔又不好意思地缓颊。

“没关系啦！我只在附近骑，心里想“骗肖”（台湾话，意思是“骗谁啊”）！我明明看到一堆老外骑得不亦乐乎，难道那些激凸欧美女生比我安全吗？”

对峙了大概五秒……

最后，阿曼帮的人妥协了，主管想出方法.

“那……这样好了，你在前面骑，我们的人跟在你后面，好吗？”

“哇勒！我还真是个奥客。”

看着他们期待我答案的眼神，我心里开始有点内疚，这里每个人每天都这么辛苦地在服务我，干吗弄成这样！大不了明天再骑，何必为难人家，此时我已经没有骑脚踏车的兴致了！

“啊……没关系，那太麻烦了！好吧，我坐你们的车好了！”

我的答案换来阿曼帮的喜悦欢呼，大家如释重负地赶紧拉车出来，我现在还清楚地记得他们生怕耽误我时间的神情……

结果，我出去逛了没多久，就在自己从对街走向阿曼准备的车子时，还真的有一群当地的痞子跟我不怀好意地叫嚣，但一看见我坐上阿曼的车，那群流氓马上就安静下来了！

或许，吴哥窟晚上没这么乱，我看到的是个案；或许，我自己骑脚踏车也不会有意外。但一家好饭店不就是该做到尽量避免所有的不愉快吗？即便这个不愉快发生的几率是如此的低。

我想这次他们做到了——我看见了。

从那天起，在阿曼饭店醒来的每个早晨，我都会告诉自己，这钱实在没白花。

细看吴哥窟建筑的墙壁，你会发现有弹痕，
多少感受得到这个国家在内战时期的苦难。

# 阿曼莎拉的遗憾

阿曼集团除了体贴至极的服务和饭店周边的景色，他们的 Spa 和按摩也是擦亮金字招牌的一项法宝，但法宝还是有个老问题——太贵。

如果你曾在东南亚做过 Spa，对行情多少有个底，就算你是到专门做 Spa 的店面，了不起四千到五千台币已经算是顶级的价格了，这价钱通常会有两个人同时帮你按摩，而且按到天荒地老。

可是这个准则在阿曼系列不通。他们的 spa 最低消费都要你撇下六千元新台币（各地价钱略有差异），我说最低喔！就是啥都没有的阳春选择，若要加个什么能量石、火山浆、热带水果打成的护肤泥，很抱歉，你先准备个万把块再说，两个人一起帮你按摩的话，等于多付一天的房价，这价钱真不好交朋友。

可是，第一次的阿曼之旅，好像没有理由不试试这个有口皆碑的纾压功夫，基于本人实地调查的精神向来强烈，我还是硬着头皮询问柜台人员：

“请问你们的 Spa 价格表呢？我在房间找不到。”

“抱歉，我们没有 Spa，不过有按摩！”穿着白衣的柜台说。

“啊！没有 Spa 的阿曼？”我脱口而出，其实有点不礼貌。

“是啊，很不好意思！”感觉得出他也认为阿曼饭店没有 Spa 有点说不过去，就好比鼎泰丰沾酱没有姜丝，阿宗面线不放大肠一样，这个不是主菜，但缺少了，总有点奇怪，阿曼素来以纾压解放为经营的最大宗旨，Spa 算是纾压冥想活动中最受到欢迎的项目，而且这里人力如此充沛又低廉，竟然没有他们引以为傲的 Spa。

洗好的衣服会用漂亮的竹编盒子装好归还。

“不过再过一段时间，我们会在过去一点的地方盖一间很大很大的 Spa 中心。”他说很大很大的时候特别的用力。

“喔……”我遗憾地回了一声，我体验过很不错的 Spa，虽然我不太喜欢被摩摩蹭蹭，可是很好的 Spa 人员在替你服务时，你会感觉你的身体在她们眼中是个艺术品，像我这种接近浮肿的身材，也是可以挽回一些尊重的，我相信他们的 Spa 也是应该在普通水平之上的，可惜此次无缘体会。

三天后，我到阿曼莎拉斜对面的维多利亚饭店逛了逛，特地看了他们的饭店设施和服务，果然有这项和东南亚画上等号的享受，Spa 一次价格依照时间和等级约为八十至一百八十美金不等，饭店的房价也是在一百五十至二百五十美金左右，上面的照片和饭店给我的感觉，此处的 Spa 理当不会差到哪里去！

回程我问了导游，他说这家饭店评价还不错（但我没住过，无法保证），当下我忽然发酵了一个中年人爱计较得失的心情，若我那时不如此匆匆忙忙，也许我还可以到这里住一晚或到五十米远的莱佛士饭店换换口味，顺便也可以欣赏满池的莲花，做个柬埔寨式的减压疗程，还能省一笔旅馆费，但不巧我再过一天就得回去了，这一切都只能想想。

若说到吴哥窟有何遗憾？勉强讲，就是这个贪小便宜的心态没被满足到吧！

遗憾啊，遗憾！

曾是法国殖民地的柬埔寨，街上到处看得见贩卖法国面包。

和尚们会在大太阳下晒粽子，信徒捐赠的供品吃不完，若经过日晒，可以多存放几个月。

# 旅程的暮鼓晨钟

很多高级度假饭店是没有电视和计算机的，它们要你完全跟现实的人生划清界线、彻底放松。这时候音乐会变得很重要，它可能是你除了美景之外唯一存在于真实人生而你又习惯的娱乐了。

但饭店提供的音乐通常选择不太多，有的只适合在海滩开 Party、有的适合在山里冥想、有的太容易让你联想到服饰店清仓时会播放的招客曲……这些音乐如果听一整天极可能会让你抓狂。

我在阿曼莎拉就被只有两种音调的暮鼓晨钟空灵乐曲弄得神经紧绷，它不像你去东南亚做 Spa 那样的叮叮咚咚的轻音乐，它真的只有两种音调，就是“哞”跟“咪”两种，不同的就是大小声和长短气。

我浸淫在“哞——哞——咪——咪——”中两个钟头后，在我一身罪孽决定出家前，毅然决然地把包包里面的 iPod 和耳机线拿出来接上，正式结束我的空灵生涯。里面有将近五百首可以搭配此家饭店风格的流行音乐，可以让我休息一下。

## 人二雄路线指标

强烈建议像我一样没气质的读者，带条耳机线出国吧！一条五十元的耳机线可以拯救你的灵魂。

5

# 柬埔寨旅游通

Δ **飞行时间（从台湾出发）：**约三个半小时

Δ **货币：**一美元约兑换四千二百里尔 (Riel)

Δ **语言：**高棉语 (Khmer)、 法语

Δ **时差（比台湾时间）：**晚一小时

Δ **电压：**220V

Δ **交通状况：**

可坐车或使用当地流行的手拖车，别有一番风味。

Δ **适合造访的月份或季节：**

吴哥窟地区最佳的旅游时节是每年十一月至来年二月，气温约在十八至二十一摄氏度，早晚都可以欣赏到吴哥华丽的日出以及日落。

Δ **附近的著名景点简介：**

说到柬埔寨最有名的观光景点，当然就非“吴哥窟”莫属，位于西北边界的吴哥窟共有大小庙宇约六百座，占地近二百平方公里，其中的神庙、城堡、花园、宫殿等，断垣残壁散布其中，包括：巴戎寺 (The Bayon)、大吴哥城 (Angkor Thom)、小吴哥城 (Angkor Wat)、空中宫殿 (Phimeanakas)、变身塔 (Pre

Rup)、斗象台 (Terrace of the Elephants)、巴肯寺 (Phnom Bakheng)、塔逊寺 (Ta Som)、癞王台 (Terrace of the Leper King)、圣剑寺 (Prah Khan)、龙蟠水池 (Neak Pean)、东湄本寺 (East Mebon) 等；而其中小吴哥城是目前保存得最完整的。到柬埔寨旅游除了可以在吴哥窟观光，当然少不了要前往首都金边，也有相当多的景点，最有名得钟形塔 (Wat Phnom)、不可错过的皇宫 (Royal Palace)、万人冢 (Choeng Ek) 等。当然未能免俗的还是得参观当地的博物馆，金边有国立艺术博物馆 (National Museum of Arts)，收藏了吴哥时期及之前的艺术品，还有展示之前暴行的吐斯廉屠杀博物馆 (Tuol Sleng Genocide Museum)；跟其他国家展现纯艺术风格的美术馆不同的是，金边的博物馆有着走过历史的坚持、果决与悲情。

**Δ 相关可查询的单位或网站：**

http://www.cambodia-web.net

# 巴厘岛阿曼努莎
## Amanusa

同是 Aman resorts 系列的一员，跟其他阿曼系列的旅馆一样，Amanusa 房间不多，只有三十五间，而其中有八间是有私人泳池的，建筑师 Kerry Hill 不浪费任何一点利用大自然的机会；在 Amanusa，自然景观与人文建筑巧妙地结合，跟大自然融为一体，住在这里，会有种像被野外拥抱的感觉，每个房间都有一个院子，而且房间内可以泡澡、房间外有淋浴设施，原始而开放的户外沐浴一直是 Amanusa 所标榜的，就算光着身体走来走去，也都相当隐蔽，不会被外人发现，这也是与自然合而为一的最好呈现。

Amanusa 位于巴厘岛的南边，从机场到饭店只要二十分钟的车程，高尔夫球场、乡村俱乐部近在咫尺，当然还有最美丽的海滩。

Amanusa:
Address: Nusa Dua, Bali, Indonesia
Rooms: 35
T: +(62 361) 772 333
F: +(62 361)772 335
E-mail: amanusa@amanresorts.com
Website: www.amanresorts.com

Lobby 中最显眼的壁雕装饰，常出现在介绍巴厘岛的书籍中。

# 世界最先起床的地方

巴厘岛有许多别名，虔诚的人说它是“众神的岛屿”；受够泰国人妖的游客叫它“最后的天堂”；还有一些爱嗑药的老外喜欢称它为“魔法之陆”；但我最喜欢其中一个名字——“世界的清晨”。

听起来很美，对不对？

一进阿曼努沙就能看见的饭店全景。

若你在巴厘岛早起过，这几个字很轻易就可以链接到记忆库里，青草沾着露珠的酸香，天堂鸟飞过林梢的身影，浪潮在破晓时刻流过岩缝的声音，梯田里农民扇着凉风……透过朝阳，发生的每件事本就比任何时刻都让人感动，而“世界的清晨”这个美名对照着巴厘岛清晨的每个角落，真是十分贴切。

尤其当你站在 Amanusa 远处是南印度洋，脚下是大片原始木林的天台上时，你会很愿意相信世界是从这里开始转动的……

在拜访 Amanusa 之前，我在好多本介绍巴厘岛风光和饭店的书籍中都看到过它的芳踪，所以心中已约略知道这是一家颇为气派的阿曼……但当接送专车缓缓从巴厘高尔夫球场驶进 Amanusa 的停车回廊时，也算见过一些场面的我，竟还是忍不住惊讶得“啊”了一声。

那个五层楼高、位于山顶、拥有绝佳视野的大 Lobby，把眼睛习惯的电视尺寸变成了电影的大屏幕，你很难忍得住……

看着她的装潢和建筑，你不太能猜测她已经在岛南的努沙杜瓦驻足了超过十三个年头，这个年纪在巴厘岛饭店里算是大姐大了，却还如此青春洋溢——让人怀疑他们是不是用保养品在擦大楼的。设计师的功力值得鼓掌，建材挑选和风格完全不受时间的影响，你会觉得 Amanusa 既像新饭店，又很自然地融进原始里，还可以嗅到巴厘岛先民的建筑历史风味，难怪阿曼集团这么喜欢请 Kerry Hill 设计，厉害！！

amanusa

15

# 幸运的十五号

我的房号是十五号。

在数字上看不出有何特别，但各位读者、各位乡亲父老，我不说你们会有疑问。十五号房代表着 Amanusa 最靠近游泳池、最靠近大门的第一个房间！！

这……太难得了。

我走到房门口的时候，简直感动得要掉下眼泪，顺便叫 Room Service 送一碗猪脚面线来，只可惜他们没有这道菜……有人看到这里会说这有啥好大惊小怪的，第一间就第一间，有什么了不起？！

各位有所不知，小弟自幼抽奖就没中过，尾牙总是杠龟，每一次感冒都要老老实实地经历骨头酸痛、流鼻水、发烧、咳嗽才会好，任何特效药都没用，以此类推，我以往住饭店的经验里，不用想一定是住到离电梯最远、到门口要走最多的路、要不就是视野最差、旁边在施工、地板是斜的的房间。除非，我事先跟饭店说明我的需求，否则八成命运多舛，所以我不太相信运气这件事，运气于我如浮云啊。但这次我根本没特别跟饭店讲，没想到竟然给我第一间房，而且还是十五号这么幸运的号码。

什么？十五不是幸运号码？

管他的！！我看着从泳池绵延过去、又远又长通到各个房间的小径，我接下来的时间都不用多浪费在交通上，对我就是莫大的幸运，十五在 Amanusa 就是幸运数字！

**人二雄路线指标**

不喜欢多走路或浪费时间的人，在订饭店时可以跟订房人员说不要离电梯或门口太远，要不像这种度假饭店的距离，有时候真会走到生气；也有此一说，说离电梯最远的房间阴气最重，容易遇到邪事，但本人不信这些，信的人可听听。

# 黛安娜王妃的躺椅

有人看了照片，说 Amanusa 是个城堡饭店。其实还真像，它的主体外观是用岩石盖的，很有城堡的味道。

城堡的下方不是护城河，而是一大片最深两米五的豪华泳池，你只要到池边，工作人员马上会帮你铺好白浴巾，递上免费的池边饮料和干果，虽然有这么好的设施和服务但却几乎没人使用。我全天只碰见过一对男女，女的涂着红指甲油、戴着大草帽、穿高跟鞋，男的是个头发偏少、微胖的中年人，微胖男只泡了两分钟的水（头发维持干的），女的飞速躲到洋伞下始终没离开，两人没说话，喝完免费的池边饮料后就离开了……

我不知道他们的关系，也不晓得他们来泳池干吗？但以两人的造型来看跟偷情应该没关联。你想想，电影《偷心》既然找了裘德·洛和朱莉娅·罗伯茨演一定有它的道理，它有某个程度的美感，眼前这两个人演《偷钱》比较有说服力……总之，他们很不阿曼就对了，我在阿曼莎拉的泳池看到的都是帅帅的日本型男跟欧美同志情侣正大光明的轻松，很像度假……（声明：本段没有歧视异性恋者的意思。）

戴安娜王妃曾在右边这张躺椅上休憩。

我要说的是，来此度假不就是要放松？何必来了巴厘岛怕晒太阳、到泳池又不游泳？要做给谁看呢？实在无需敷衍泳池，真的太浪费这里的美好了！

既然没人来使用，环境会变得十分安静。在里面游泳，面对着城堡，和围着城堡的鸡蛋花树，竟有点庄严的感觉，你的泳姿不自觉会标准起来。所幸庄严不了多久，就会被远处日本人或韩国人的声音给瓦解。

这里好像某个景点似的，有许多东洋观光客会来喝下午茶朝圣，我甚至还碰到来这里办婚礼的日本人。

在阿曼饭店结婚，真是假会中的假会啊！

结婚在印象中总是件热闹的事，来此处以禅风、疏离、幽静为标榜的度假旅馆共许未来，还真是场孤单的婚礼，我问了阿曼的工作人员这样一场婚礼所费多少，他微笑着说不贵不贵，我没再问下去，因为这种婚礼实在太空灵了，我不推荐。

但是，看我一直说日本人太多，泳池旁的工作人员打趣地说："不只日本人爱来，欧美人士也喜欢这里。"

连黛安娜王妃都来过，而且就是躺在我坐的这张躺椅上。

黛安娜王妃……哇……真是与有荣焉！

此时的巴厘岛太阳在正上方，把我的脚印渐渐地晒到消失。我想，如果戴妃也来过，脚印也一定在此处成形。

但有件事不同，温度再高却怎么也不会让她的脚印消失。起码，我还看得见。她留下的东西，好像不是一个太阳就能晒得干的……

这是不是就叫做万古流芳啊！

# 令人玩味的户外淋浴

Amanusa的房间就在高尔夫球场旁边，很适合喜欢打小白球的人(有时住房可免费打一场十八洞的高尔夫球)，房间是沿着球场曲线盖的，因此打开窗户就是球道，屋外还有个可欣赏别人球技的凉亭。

房间屋顶采用的是印尼传统的建筑方式，用木头、竹子跟密度很高的干草搭建而成，分隔浴室和卧室的墙面是大块大块的岩石叠起来的，形成一种特殊的南国空间感，里面不管是带着帷帐的床、麻质抱枕，还是深褐色的原木家具，甚至整齐排列的水果塔，无一不让人细细地品赏。

只限本饭店房客使用的私人沙滩。

其中，最让我觉得玩味的一景是傍着户外小池塘的盥洗室，这里有三间洗澡的地方，一间是看得到池塘的鱼、青蛙和红蜻蜓的泡澡缸，你真的可以点起蜡烛，一边看着外面小动物自由的活动，一边刷你的背，中间挡着大玻璃窗，谁都不干扰谁。

另外一间是五坪(注: 约十六点五平方米)大小的户外冲澡的地方，同样地，你可以一边豪迈地用大莲篷头洗澡，一边观赏着旁边的莲花，只要你不介意隔壁二楼的房客看见你的裸体。

夹在两者中间的则是用石头围起来的室内淋浴间，这里的窗户比较小，大概是为了我这种害羞又内向的旅客设计的，但还是可以透过小窗户瞧见外面的光影变化；尤其在黄昏时刻，天色渐暗，池塘边的造景灯亮起，你舒服地洗掉一身的臭汗，再换到隔壁飘着精油香味的浴缸，就会看到这里的夜间生物(因为它们有向光性)，你会恨不得把这包括青蛙、莲花的整套环境通通都带回台北。

连上厕所都有景色可看哦，青蛙会探出头来打招呼！

Bath Foam
Shampoo

不少想到阿曼饭店一探虚实的人都问过这个问题，到底去巴厘岛要住哪个阿曼？光这里就有五家阿曼，到底最该先去住哪家？

摸不着头绪的我也是“巴厘岛阿曼迷失症”的其中一员，因为网络的照片每一家都很漂亮啊！谁知道真正的情况如何？说到这里，有些选择饭店的心得顺便跟大家分享，网络找饭店其实很有风险，如果这家饭店不是知名连锁企业或信赖的人推荐，光看照片挑饭店，好比你看交友网站的沙龙照找对象，遇到恐龙的几率十分高，最好也是唯一的方法就是多按几次按键，多找几个网页，多看人家旅游留言版的评价。

一定要文字跟图片都要看！免得这个要钱那个没有，让旅行多生是非。
人二雄真心诚意推荐的旅游网站：

Yilan 美食生活玩家 http://www.yilan.com.tw/
ABC 订房中心 http://www.abctravel.com.tw/
Mook 自游自在旅游网 http://travel.mook.com.tw/index/

2602

# 巴厘岛旅游通

**Δ 飞行时间（从台湾出发）：**约五小时

**Δ 货币：**

一卢比亚 (Rupiah，印尼盾、简写 Rp.) 对新台币的汇率约为1:0.004，但常有变动且变动很大，游客前往前再查询。

**Δ 语言：**印尼语、英语

**Δ 时差（比台湾时间）：**无

**Δ 电压：**220V

**Δ 交通状况：**

公共汽车、出租车和摩托车都是游巴厘岛的最佳交通工具，在首府登巴萨还可乘坐马车。

**Δ 适合造访的月份或季节：**

属于热带性气候，平均气温是二十八摄氏度，五月至十一月是干季，十二月至四月是雨季，四季皆可前往。

**Δ 附近的著名景点简介：**

巴厘岛为印尼散布在太平洋和印度洋群岛中的其中一座岛屿，总

面积五千六百多平方公里，有人说它是“地球上最后的南国乐园”，真是一点也不为过。 登巴萨 (Denpasar) 是巴厘岛的首都，市内有为数众多的寺庙；距离登巴萨只有一箭之遥的萨努尔海滩 (Sanur) 饭店、餐厅林立，购物商店及各种观光设施一应俱全，交通也十分便利；而近几年吸引许多冲浪客的库塔 (Kuta) 海滩更是年轻人争相前往的地方；努沙杜瓦 (Nusa Dua) 位于巴厘岛南端的布吉半岛上，是许多豪华饭店的所在地，以洁净的海滩和清澈的海水而闻名；巴都安（Batuan）是个古老而颇负盛名的艺术中心，在这里可以找到很多不错的木雕、彩绘作品；戈亚拉瓦（Goa Lawah），也就是大家说的蝙蝠洞，洞顶覆盖数以万计的蝙蝠，入口处则有一座寺庙，是相当著名的景点；贝沙基（Besakih）就是闻名的“圣母庙”，它的神殿就建在亚贡山的坡上，是巴厘岛上最雄伟、最神圣的一座，有超过一千年的历史；另外最为人所知的就是乌布（Ubud），乌布是巴厘岛的绘画中心，卢克珊美术馆（Puri Lukisan Museum）收藏着许多的艺术品，还有很多著名国外艺术家的住处和艺廊。

**Δ 相关可查询的单位或网站：**

印尼驻华代表处 02-25169050 ext.42

# 东京丸之内四季饭店

## Four Seasons Hotel Tokyo at Marunouchi

虽然是位于人潮熙来攘往的东京商业区中，东京车站附近的“丸之内四季饭店”却是当代设计与艺术结合的完美作品。分别坐落在丸之内中心的 Pacific Century Place 大楼的一楼到六楼，丸之内四季饭店跟其他占有大面积的四季饭店比起来，实在是相当的不同，在办公大楼内的饭店、四周的玻璃帷幕、镂空的设计、饭店中的艺术品，低调简约却结合了潮流美学，据说是东京的设计师及名模最热爱的聚会场地。

由加拿大著名的建筑师事务所——Yabu Pushelberg 所设计，他们在时尚界的作品尤其多，像是广受纽约客欢迎的服装名店 Bergdorf Goodman、我们熟知的 Tiffany & Co. 精品店等，都是它们作品中的一时之选。

拥有现代的冷调视觉，也有像家般温馨的归属感，加上综合了其他四季饭店的优点，与丸之内四季饭店的邂逅可说是一个最顶级的美好记忆。

Four Seasons Hotel Tokyo at Marunouchi:
Address: Pacific Century Place, 1-11-1 Marunouchi, Chiyoda-ku
Tokyo Japan 100-6277
Rooms: 57 T: +81 (3) 5222 7222 F: +81 (3) 5222 1255
E-mail: reservations.mar@fourseasons.com
Website: www.fourseasons.com

# 发疯的设计师中乐透绝不会错过的饭店

到东京的次数，已经多到不太有出国旅行的感觉。

那里比较像是个弥补在台湾失去的“安全距离感受”的巨型保健室，专门治疗你对城市秩序不足的恐慌，而且不只是我，很多朋友都犯了这种日本都市瘾，总是会在看见电视里不经意带到的新宿街道、青山店面、涩谷人群后，立刻引起血液里哈日因子作祟，莫名其妙买了机票就飞到那边，根本没有任何的旅游计划，反正，常去的人都晓得，光六本木之丘的餐厅一两个月就是个新的光景，更别提越来越长的代官山（原本的代官山不过就那几条街，现在要走完还真累人），和目不暇给的街头流行风格，你说去东京需要准备吗?

也因为如此，我到东京几乎都是选择离新宿车站三分钟的“小田急世纪南悦饭店”(Odakyu Hotel Century Southern Tower)，饭店的Lobby在二十楼，风格很摩登，价钱还算合理，最棒的是它的位置非常的便利，对面是高岛屋，楼下又有一条商店街，跨过一个地下道就是繁华的歌舞妓町，饭店又是商务旅馆的设计，所以很能满足一般人去东京的需求，方便、不贵、简单，而且这里没有观光团客，这对我而言是个很好的旅行条件。

小田急饭店的铁道景色。

但住在这种商务旅馆很容易在无形中失去某些乐趣，因为过于简单便利，你就不太愿意待在饭店里，你会像个日本人一样形色匆匆，急着出门、赶最后一班地铁、带着杂志吃轻食、迷失在各大百货的便桥上和新发明的该死的小玩意堆中。.

然后忘记你正在旅行。

这点领悟让我在后来的东京行里，随着日本人的速度往前走，总会提醒自己慢一点、悠闲一点，别像个在东京加班的上班族，我刻意把步调放慢，在我熟悉的商务旅馆内睡觉洗澡、吃附送的早餐、看都厅的光影、看新宿的霓虹灯明灭……

直到我的一个在日本住了多年的朋友接到我又将飞往东京治愈我的“日本瘾头”电话时，终于忍不住问我：

“为什么你又住新宿那家？”
“方便啊！那边不是比较好逛吗？”
“喔！好吧，你喜欢就好！”他的语气有点保留。
“干吗啦！！不然要住哪儿？难道你要我去住王子，跟一堆台湾大陆韩国观光团挤电梯、抢 Buffet 的烤面包喔！”
“饭店的问题还好，现在年轻人都去代官山逛了，再不然六本木也比较有话题，只有像你这种观光客才会对新宿这么有兴趣。”他说完像是抓到我这个害怕老套的人的把柄，大笑起来。
“真的吗？新宿落伍了吗？”

我大梦初醒地想起十六年前第一次去日本看到竹下通满街染发的小朋友和满街大陆外销品之后，就一直把新宿定位为比原宿更适合雅痞型的我，却忘了时间会改变很多事情；台北过去混西门町万年的年轻人现在去信义计划区；台中以前在自由路逢甲东海 shopping 的学生如今是新光衣礤 Tiger City 的大客户。台湾都已如此，我怎么会以为日本如昔？

十六年对善变的东京而言大概是一世纪吧！

NEWDAYS

“可是，《迷失东京》的男主角也是住新宿啊！”我忽然想到个新宿还没退烧的铁证，顺便反驳他的嘲笑。

“对啊！欧吉桑的最爱，哈哈哈哈……”

影片中，比尔·默里在Park Hyatt大落地窗前迷失的表情霎时被点选出来，难怪导演要选在新宿，那里的确是个曾经发亮暗沉又极力想翻身的地区，是蛮符合中年男人的心境。他这一讲，我没法回嘴了，只能消极地说那家饭店还是不错，旁边有居酒屋，车站捡得到最新的杂志，可以搭地铁去别的地方之类的毫无力道的抵抗……

我去北海道、去京都、去名古屋、去大阪、去福冈，我到日本的其他城市都带着无比的兴奋，但为何唯独到东京——日本最好的城市，住等级不差的饭店，竟惯性到像是百货周年庆打折去挑件基本款的西装一样不带情绪。这其中必定有些不对劲。

我想饭店出了些问题，新宿出了点问题。

银座到丸之内的四季饭店，约七分钟车程，步行则需十五分钟。

我决定这次说什么都不住一样的地区，不走同一条路，不吃同一家回转寿司，还要告别小田急一段时间，我不想像老人怕改变、怕麻烦，吃东西赞叹半天，那太没有旅人的精神了，刚好手边的一期杂志介绍日本饭店，介绍了几家级数颇高的饭店，但其中一家的介绍词却像个大招牌打到我的脑门上：

东京丸之内四季饭店
日本设计师和名模打发夜晚的流行选择！！
简约饭店中的奢华代表。

我知道有时候杂志收了人家的好处会替商家说好话，不过，日本设计师们在饭店的 lounge 喝着酒和美女们谈论着家具服装艺术品的该死景象，真的打中我的脾胃了。看着杂志角落两张饭店的小小照片，大橘色的装饰品、赭红色的墙面和新古典的家具，的确不是极简风格的常见搭配，让人有些相信这个极度低调的饭店（它是在一栋办公大楼的一楼至六楼，睡在办公室下面很怪吧！）可能让许多时尚的工作者趋之若鹜，虽然跟其他的饭店介绍比起来，四季饭店的篇幅真的挺少的……你知道在台湾，要想在赚钱的杂志社说清楚何谓简约主义就已经是难差事，若还要分析奢华的简约那简直是天方夜谭，没有一个总编辑会给你版面。

我一看地址，乖乖！就在当红的丸之内大楼（Marunouchi Building，也有人叫它“丸大楼”）的隔壁，银座的附近，这不就是我要去东京重新做人的地方吗？再看价钱，乖乖的咙咚呛……我放下杂志，用武大郎听见潘金莲偷人的震惊方式退了三步，一晚日币九万五千元。

我第一个想法是杂志介绍饭店的标题写错了，应该改成“发疯的设计师中乐透绝不会错过的饭店”。

这价钱是人家在海边、在山崖花了多少的人力，用火山岩、大理石、桧木一片片贴在墙上，一根根画栋雕梁盖在景点中的饭店才敢开出的价钱，你白白的墙壁、白白的地，楼上是办公室，旁边还有火车经过，要死了，敢开这种价钱！

哪个神经病会跟钱过不去！

很不幸，你们正在看这个神经病写的书。

我知道这个结果和先前客观的判断有落差，但也想借机告诉大家，这正是那些名牌精品厂商最常用的伎俩，他们叫这个是高级、限量、金字塔顶端的消费模式，我说那叫一个愿打一个愿挨的孔雀花钱术。他们利用人性自以为眼光独到的弱点，把价钱抬高，让大部分的人怯步、小部分的人往前，商品的稀有性自然就有，销售的目的当然也就达成啦！像我这种铁齿的人，偏偏就会落入圈套边骂边买，不信你去问那些卖名牌的小姐，是不是一堆客人又爱挑剔又爱买……所以借由我这样燃烧自己照亮别人的反省，能让更多的人只要花一本书的小钱就可以看到这片光景，或许也是一件功德。

就这样，没中乐透也不是设计师却发疯的我，在东京樱花满开的季节，用比较像旅行的心情，再次地造访了这个拥有两千万人的美丽城市。

# 果然是设计师的最爱

四季饭店 (Four Seasons Hotel) 绝对是间极高档的连锁饭店。朋友住巴黎的四季饭店可以帮他订到需要半年前预约的三星米其林餐厅；同事住巴厘岛的四季饭店后称赞 Spa 天下无敌；报马仔说连好莱坞的明星到日本也住在四季饭店，像是汤姆 · 克鲁斯等。

四季饭店的传说总是有意无意地传输到我耳中，自然提高了这家顶级饭店在我心中的形象，加上在许多不同的杂志上看到关于东京丸之内四季饭店的报道，我对这里的期待非常的高，但当真的住进去后，以一个旅客的心情，平心而论地下个评语：

我会说这是一家很有距离的旅馆，不光是价格。

东京男性最想追求的 OL 都在这栋丸之内大楼里，低楼层的楼面很好逛，有 BEAMS。

从饭店窗户看出去，可看见东京国际会议中心。

严格说，四季饭店并没有啥了不起或非看不可的景致，但此处有个老一代的台湾人都听过的地名叫“有乐町”，于东京火车站的后方，如果真的要挑个饭店景点，那只有这个老火车站和在房间就可以看见的“东京国际会议中心”(Tokyo Forum)。火车站的历史已有上百年了，和正对面新颖的丸之内大楼刚好形成强烈的对比,在两者中间看着新与旧的建筑物,很有站在时间分野线的乐趣,车站旁几家卖洋果子的老店，更加凸显了日本明治时期的风味。

至于东京国际会议中心，它在夜间看起来挺美的，玻璃围幕内有个船体造型的主体结构，远远看去像是一艘飞船停在空中，还有一班班山手线的列车来来去去，放在鳞次栉比的大楼那未熄的灯光前，你很容易就能辨认出这是在日本科幻卡通里，主角要从远处骑车到都市时的远景。隔着超安静的密闭窗，你跟这个城市保持着贴近又安全的距离。

如果可以来首久保田利伸的歌当背景音乐，那真是一幕血统纯正的日本都会剧。

日本地铁的出风口，弄得跟装置艺术一样。

东京丸之内饭店的一楼很有趣，门面在办公大楼的旁边，只有小小的一面墙上镶嵌着四季饭店的 Logo，佐着微弱的灯光，如果是台湾的出租车司机开车，找到的机会很渺茫。不仅如此，这家饭店的光源都是“间接照明”（这要解释一下，意思是你看不见真正的灯在哪里，都是透过墙壁或其他地方反射来的光源达到照明的效果），这种照明法通常都会把空间弄得不太亮。

小小的柜台只有两个人，约摸四坪（注：约十三点二平方米）大的 Lobby 只放着两组利落的沙发，三米的落地窗外排着几台粉绿色的名牌脚踏车，说真的我觉得有些做作，我相信住这里的人不会去骑……简单干净的线条一直从楼下延伸到电梯到走廊到房间，所到之处无一不简，就连房门都是黑色钢琴烤漆配上不锈钢的门牌号码，完全不拖泥带水，能整齐的地方绝不会让它凌乱；就连浴室的吹风机都用缎织的布包起来连电线都不给你看。

饭店的电梯按钮都相当简约。

连吹风机都要用漂亮的段布包起来。

**人二雄路线指标**

用数码相机把你一定要吃的食物、要买的东西、要去的地方能拍就都先拍下来，免得浪费时间跟各国饭店的柜台缠斗（相信我，英文再好都没用，你好不见得人家好）！

但比较不同的是这间饭店所用的材质有很多种类，有金属、有木头、有皮革、有布……而且颜色很多不是装潢书上所谓的极简风格的灰、黑、白；装潢的细部不管是皮革与木头的缝和、金属的弯度，还是木头的光滑面，都处理得很细致。这种装潢手工想在台北重现，我保证若你不撇大把钞票，没有一个室内设计师会理你！说到这里，我不晓得有多少人可以领略其中的美。

我自己是设计科系毕业，又对装潢和家具有些小兴趣，也缴了不少的学费，才看得见这家饭店的用心。

可是，一般的旅客呢？没念过设计概论、不知道包豪斯[①]的人，不明白“Less is more”之意的游人呢？

房间的水果不多，也不是很甜，服务人员没有海岛国家的热情，没有温泉饭店的亲切，没有机场接送，楼下还没有便利商店……你会愿意用多少额度来换算这个用心？

马鞍皮缝制而成的床头电子钟标示着：凌晨零点零七分……我看着繁华告一段落的东京，银座还有些余光从近处大楼的背后透出来，这个饭店要传达的是这个都市疏离的冷冽，还是金字塔顶端消费者的骄傲，我真的弄不懂，我想我只能说：这里啊，果然是设计师的最爱。

发育不良的香蕉和两颗葡萄，让我怀念起阿曼吃不完的水果塔。

# 东京丸之内旅游通

**Δ 飞行时间（从台湾出发）：**两个半小时到三小时

**Δ 货币：**一台币约等于三日元

**Δ 语言：**日语为主

**Δ 时差（比台湾时间）：**早一小时

**Δ 电压：**100V

**Δ 交通状况：**

东京车站是东京的交通枢纽，也是各地铁和铁道的交会处。

**Δ 适合造访的月份或季节：**

冬天对台湾人来说较冷，平均气温约五摄氏度，有可能遇到下雪天；其余季节皆适合。春天约十三至十五摄氏度，夏天约二十五至三十摄氏度，秋天约十七至二十摄氏度。

**Δ 附近的著名景点简介：**

丸之内位于东京车站一带，是经济商业重心，附近的历史文化景点有皇居（前德川幕府的江户城、日本天皇如今居于此）、日本桥，想血拼可以选择八重洲地下街、大丸百货等。或者也可以到东京国际会议中心，这里原本是东京都厅旧址，重建后是炫丽的超现代建筑，里面有书店，也有咖啡厅。晚上如果嫌无聊，则可以到东京铁塔欣赏夜景。

**Δ 特别一提：**

四月份东京樱花满开，六本木街道樱花片片，而商店也出现许多跟樱花相关的商品。像樱花茶、樱花布丁、樱花便当，连流行歌曲都会有浓浓的樱花风，以“樱花”为主题的歌每年三月都会登场，2005年中岛美嘉和杰尼斯的《岚》以及《决明子》，分别推出抒情版、快版和Rap式的樱花歌，你不得不说，日本人的偏执还真厉害。

**Δ 相关可查询的单位或网站：**

日本观光协会 02-25064229 www.jnto.go.jp/

① 包豪斯 (Bauhaus)，包豪斯设计教育的创始人为华特·格罗佩斯 (Walter Gropius)，主要是指在设计造型的理念上，在追求合理性、机能性或美观性的同时，要注意到以“人”为基础的设计，也就是设计的目的是“人”，并非产品本身，要尽量减少不必要的浮夸设计，这种以客观的角度来实践的理念，确实将设计带入了一个全新的时代。1919 年是现代设计史上一个重要的起点，格罗佩斯强调所有的设计要针对人而不是商品，并在随后发出包豪斯宣言，这就是我们一般所说的包豪斯理念之由来。

# 由布院亀之井别庄

## Hotel Kamenoi Besso

走在九州岛著名的温泉区——汤布院，短短的一条温泉街传统与现代商店林立；而金麟湖沿岸，有许多精致小巧的旅店隐藏其中，"亀之井别庄"应该算是数一数二了吧！这所雅致的温泉旅馆，到现在已经有八十年的历史了，是由农舍所改建的，原来是私人别墅，现在改为可容纳六十人的高级旅馆，每个房间皆拥有独立露天风吕，且皆有不同的景观，不论是面对由布岳山或金麟湖，都美得让人舍不得离开。

每个房间用心的布置，方便体贴得像在自己家里般舒适，但又有高等级旅馆的细致服务及典雅装潢，除了专属的房间之外，旅店中可以安静阅读的谈话间、简单休憩的客厅，都自然得跟整个天然环境融为一体，这一切的一切所透露出来的宁静、简单、质朴的氛围，我想就是大家对"亀之井别庄"如此趋之若鹜的理由吧！

亀之井别庄：
Address：〒 879-5198 Takemoto Yufuin Hot Spring，Oita-gun Yufuin-cho Oita-ken
Rooms：21
T：+81 977 84 3166
F：+81 977 84 2356
Website：http://www.kamenoi-bessou.jp/
Note："亀之井别庄"一般来说要半年前预定，但真的来不及时，还是可请旅行社想想办法，说不定会有意外的惊喜；此外，这里的下午茶便宜又好，可以一试。

# 汤布院的大宅院

距离福冈两个钟头车程的由布岳，长久听到朋友们说，日本一宿二泊的温泉旅馆是个厉害的东西，心理总有个不太领情的念头：“不过是民宿罢了，能怎样？”加上不太爱吃生食的舌头，就一直把诸如此类的行程排在四十岁以后的旅游计划里，而且要有偷情的对象才能成行，不然，泡完温泉后，真不晓得要干吗！

会有一种想吃泡面的空虚……

但是，计划总赶不上变化，因为一些因素，我的东欧假期出了点变化，假期无法如预期般足够。我可不想坐几十个钟头的飞机，玩两天后饮恨回国，那就好像看到美食你只能含着但不能吞一般的痛苦，只有四天能去哪里呢？

我相信这是很多台湾同胞们共同的疑问，我他 x 的只有四天，除了巴厘岛、普吉岛、北海道这些台湾人比外国人多的地方，我他 x 的还有什么选择？

有吗？

告诉你，还真没几个选项！！有的话请不吝指教，上网查了几个地方，不是去过好几次（例如曼谷、香港、东京），就是地点太番石榴（注：意指像台湾的番石榴一样普遍），去完又会有想吃泡面的空虚（例如关岛、塞班），再不然就是饭店早被预定光了（本想去“迪拜帆船饭店”开开眼界，可是最便宜也要一晚七百美金的拥有数百间房间的饭店竟然额满！）。

最后只能妥协到去哪里的航行时间最短就去哪儿！

我想到福冈航程只要两小时，最棒的是机场到市区饭店才十几分钟，这一点非常重要，我曾在成田机场到东京的利木津巴士上堵了三个多钟头，真的，你会想下车走过去！

福冈其实还蛮符合短打型的旅游，但若只去福冈逛街，那就有点浪费了。福冈的市区虽然可以找到一些好玩的东西，像开幕不久的运河城、漂亮的博多人形（注：人形就是玩偶）、博多拉面……但跟东京繁荣又独特的大都会气质仍有一段很大的差距。就好像你从南部到台北只逛了“大润发”就回家，这也没啥不对，但这么有创意的事本人想不出来。

既然都市不够精采，那就挑个乡村地方来玩玩。

博多人形是福冈的名产，价格其实并不顶贵，但手工精细。

穿高跟鞋骑脚踏车的景象，也只有日本才有。

我找了一个成立福冈行的基础，那就是汤布院的温泉旅馆，汤布院せ！起码听起来就蛮受尊重的，也没看几个朋友去过，稀少的征服感，让人挺有动力的，好歹那里也曾是日本 OL 票选最想去度假的地点排行榜冠军，应当不会差到哪里去。

而其中，有个吸引我的地方，是有家叫“亀之井别庄”的旅馆，已经有六十几年了，重点又来啰！网络上说，若不是半年前预约，订到的几率微乎其微。

哈！这就像限量商品般诱惑着我。我才不想理那些杂志、网络、旅行社的鬼话，谁知道它们是不是串通的，总之，我心想如果“亀之井别庄”订到了，管他是票选冠军还是限量商品，反正六十几年的温泉旅馆一定有它的过人之处，而且一堆日本 OL 在街上走来走去的画面，还蛮令人期待的。

看看日本的车票，出发与抵达的时间一清二楚。

结果，不知道是我走了狗屎运，还是网络介绍唬人，竟然真给我订到了一晚一人料金三万六千二百日币、一宿二泊（住一晚吃两顿）的和洋式房间，顾名思义，就是有和室也有洋式的弹簧床铺，还附个人汤屋一间及六十坪（注：约一百九十八平方米）的院子，颇有日式大宅院的风范……六十坪的树林花园！忍者跳出来我都不太惊讶，因为真的很大。

至于是不是要提前半年才订得到，我不太敢肯定。我只知道委托日本朋友帮我订，真的一间都订不到，听说旅行社打了很多通越洋电话才搞定，但这已经不是我关心的事了，出发前三天订到日本旺季期间的饭店该要谢天谢地啦！

就这么靠着运气，我的第一次日式温泉旅馆的体验就这般开始了……

金鳞湖旁有个公共澡堂。

# 旧得理所当然

“龟之井别庄”是一间很传统的日式温泉旅馆。从门口到接待处、房间电话，甚至是门房人员，处处可见旧情怀。 跟以往熟悉的连锁饭店那些识别或管理有着许多的差异。

你甚至可以说，这家饭店有点陈旧。

如果这间别庄开在福冈或日本的任何市区，你都会说它是一间……干净的旧旅社，但它伫立在日本温泉度假胜地——由布院的金麟湖旁，这所有的复古就变得理直气壮起来了。

水蒸气窗帘，这是在房间的个人汤屋才有的，看起来很简朴，没啥华丽的装潢。想想人家都六十几岁了，想怎样。

但是喔！它的浴池是桧木做的，加上他们用活水，就是让热水一直流，只要你离开饭店，服务生就会跑到你房间把水打开，所以，整间浴池就弥漫着桧木的清香雾气，而浴池旁的窗户便朦胧起来，像是透光的窗帘，真不赖。

只是，我经过的时候，还是忍不住会把水关掉，觉得很浪费，这点还挺没有豪门风范的。

算了，环保比较重要！

饭店推荐的餐厅几乎都不错，可是也相对昂贵，去之前务必问清楚。（福冈“龟之井别庄”的服务生介绍一家位于山上的手打的荞麦面，光出租车来回就要花两千日元，一碗只有两坨的面又是一千九百日元……很伤。）

住温泉饭店的唯一坏处就是，每天会像猪一样进餐，吃完全部的菜后，饱胀感十分难受。

# 纯真的人才看得到

汤布院的街道实在还蛮有宫崎骏风格的，因为店面几乎清一色都是老房子改装的，再不然也都是原木质地的建筑加上洋式的装饰，还有红的、黄的小花窗和花盆，以及彩色的明治时期字体。

绵延将近两三公里，配上远处的山景和烤仙贝的香味，感觉神隐少女跟龙猫会迎面走过来，当然 这是要有想象力和纯真的人才会有的心情。

我一个二百五的朋友看了照片后说：“干吗大老远跑去日本，真无聊……这个景色云林乡下就有啦！”像这种脑子只有连续剧挤眉弄眼情节的人，是一辈子都遇不到龙猫的。

何况，台湾哪里的风景区街道没有垃圾？我对云林没意见，但它哪个街道有这么干净，我去那里面壁忏悔。

有各种口味的烧鲜贝，暖乎乎的。

有自信的旅馆才敢放顾客的留言簿。

房号也能维持跟六十年前一样哦！

拥有六十年历史的桌子还能上锁，泛绿的钥匙就放在抽屉里，别有风味。

# 没人的公共汤屋

除了个人汤屋外，“龟之井别庄”也有公共汤屋，公共汤屋有室内跟户外，两者的视觉体验都不错。

我去的时候，户外温度大概只有三四度，所以泡户外汤屋的时候格外的爽快，更爽的是，因为房间数量少，因此我泡汤的时候都只有我一个人，更能感受到天地合一的空灵。

另外，汤种也有两种，分别叫“单之汤”跟“星之汤”。有趣的是这两种汤，一个给女士泡、一个给男士泡；但过了下午三点就对调，到了半夜一点，就两边都可以开放男女共浴。

当我在泡下午三点的第一泡时，不禁会联想到，刚刚才有一群马子在同一个地点香汗淋漓，真是……

但这种奇想很快就被庭院的冷风吹到由布岳，在我连续遇到三个阿妈级的女房客后，直到我离开时，都没看到过我们世俗定义的马子。

我想，我真的想太多了 。

**人二雄路线指标**

可以带几样台湾的名产或零嘴（像凤梨酥、牛轧糖）送给服务很好的服务生，这在不收小费的饭店是很好的国民外交。

# 日本第一？

我开心地度过我四天的假期，在领教了日式温泉旅馆的服务后，完全理解了朋友们谈起他们的温泉旅馆经验时那种眉飞色舞的表情，因为真的很厉害，厉害在他们就会在你希望有个挂东西的地方钉上钩子，感觉不够温暖的地方放台暖气机，穿鞋的地方有鞋拔，橱子内有厚厚的被子。（我真的盖不习惯毯子，外国人都不冷的吗？）

最重要的是，他们随叫随到的微笑服务和戒慎的适当距离，也不会自以为幽默地开你一堆玩笑，或过份的热情（这一点尤其是在岛屿国家的度假旅馆特别泛滥）。

还有每道菜、每个盘子、每个容器不厌其烦地讲究——真的很下功夫。

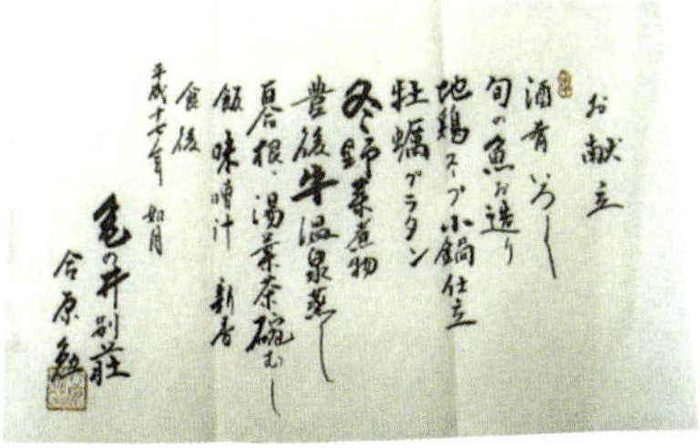


亀之井的菜单，手写的，很有日本味。

如果阿曼系列饭店厉害的是服务，显然日本人在这一点上并不逊色，甚至过之，起码，它不会在房间里一厢情愿地放叮叮咚咚、让人想点精油的民族音乐。

他们人跟人的距离保持得更、舒、服。

而且，这只是一间地方的、乡下的、非跨国性的别庄，当意大利菜、法国菜、茶道、车子……这些日本人都讲究到快超过发源地的同时……

我们不难预期，讲究服务精神的旅馆业，日本人实在没有理由会输给别人，真要挑个骨头，那就是语言了！等到他们的英文好一点的时候（跟内将说英文粉累），我跟你打赌，世界上最棒的旅馆一定是日本人开的。

七十岁的服务生，坚持帮我拿三十公斤的行李，飞也似的冲进房间。

# 由布院旅游通

Δ 飞行时间（从台湾出发）：

约两小时，再从福冈搭车，约两小时就可到达。

Δ 货币：一台币约等于三日元

Δ 语言：日语为主

Δ 时差（比台湾时间）：早一小时

Δ 电压：100V

Δ 交通状况：

从九州福冈的 JR 博多车站坐车到汤布院约需两小时，或坐从福冈出发的特急巴士，也是需要两小时左右。在当地可步行从由布院车站开始，慢慢散步，游客可到车站内的旅游询问中心，拿详细的地图再启程。此外，当地盛行的观光蓬马车或人力车也是一个好选择。（但超贵，不到十分钟要一千元台币。）只适合仇日的中国人，因为小日本帮你拉车，也许能平复些许曾经积郁的民族情怀！

拉车的日本小伙子朝气十足，
拉车拉得让人觉得他超级可爱。

由布院车站。

**Δ 适合造访的月份或季节：**

夏季是最好的造访季节，因为汤布院的气候比平地凉快干爽；加上六七月是当地的花季，晚开的樱花、当季的菖蒲花，总之，美成一团。

**Δ 附近的著名景点简介：**

由布院温泉，又称汤布院温泉，在福冈大分县的由布岳（又称丰后富士）山麓，四周八方有多座山环伺：有由布岳山、雨乞岳山、城岳山和飞岳山。昭和30年（公元1955年），由布岳町与汤平村合并，更名为“汤布院町”，但今如车站和盆地的名称还是“由布院”。

汤布院适宜的气候、著名的美人温泉，使得日本OL将其选为最热爱的度假地点之一。这里最著名的就是温泉，是全日本仅次于别府与草津的温泉乡，这里的汤有“美人温泉”之称，据说对女性特别好，这里的温泉属于弱碱性单纯泉，温度为四十三摄氏度左右，对皮肤相当滋润。由于富含地热，汤布院的许多旅店都附有汤，但都较贵，游客也可到便宜的公共澡堂（一百日元）去泡汤。

除了温泉之外，汤布院还有其他可供参观游玩的地方，像是参考意大利翡冷翠的礼拜堂而建成的“由布院车站”、又名“六所宫”的“宇奈歧日女神社”、介绍汤布院过去未来及其他展览的“由布院空想之森美术馆”、展现民俗技艺的“九州汤布院民艺村”、可亲自制作陶器的“祥纳蕴窑”。当然还有最美的“金鳞湖”，当阳光洒在波光鳞鳞的湖水上，湖面反射出来的亮光像金光闪闪的鱼鳞，因而得名。

购物逛街方面，汤布院的街道如同童话般，从由布院车站沿着大分川一路走到金鳞湖，这一段路有许多可爱的小店和传统技艺商店，像是猫奴绝不可错过的“猫屋敷”，里头卖的东西全是跟猫咪有关的，二楼还有真正的喵咪让你参观；另外一家“龙猫之森”则是所有宫崎峻电影中的角色再现，最多的就是与龙猫相关的商品了；还有“泰迪熊之森”，顾名思义就是有好多好多的 Teddy Bear，餐具啊、围裙啊，各种 Teddy Bear 的生活杂货都少不了；最后，逛腻了玩具店，还可以去“酱油屋本店”，可以买到柚子风味的“果汁酱油”，是相当有日本手工意味的特产，店里还有好多和风味的零食，味道不错，可当伴手礼。

**Δ 相关可查询的单位或网站：**

大分县观光振兴课：www.pref.oita.jp
大分县观光协会：www.we-love-oita.or.jp
别府市观光协会：www.beppu-navi.jp
由布院观光综合协会：www.yufuin.gr.jp
汤布院町商工观光科：www.town.yufuin.oita.jp
日本观光振兴会：www.jnto.go.jp

这家猫屋敷有两层楼，你想得到的有关猫的商品都找得到。

喜爱小饰品的读者，一定会沦陷在汤布院的可爱商店中出不来。

# 北海道新得滑雪度假中心

## Tomamu Resorts

从札幌坐火车到新得 (Tomamu) 约摸要九十分钟，然后，你就可以看到这间占地广大的“Tomamu 度假村”，它是北海道最美、各类设施最齐全的度假村，为什么说它是度假村而不是饭店，实在是因为它太大了，其中就包含三座不同风格的 Hotel 及 Villa、数间好吃又优质的餐厅及Spa House，当然还有最主要的滑雪场地。

三座不同的饭店，Villa Sport 是以运动为中心的饭店，主打是明亮的装潢及设备；Hotel Abbicci 以优雅时尚著称，接口设备很齐全；另外，Galleria Tower Suite Hotel 豪华舒适，也最为人称道，每个房间都有很大的按摩浴缸、类 Spa 的三温暖设备，住在里面会幸福得想落泪。

环绕于整座山的滑雪场是 Tomamu Resort 吸引游客在冬季前往的最大景点，这里有全日本认证的滑雪跑道，从五百四十米到一千五百米不等，分初级、中级与高级，可供游客练习及游玩，还有“滑雪教室”，让不会滑雪的游客也能享受滑雪之乐。

度假村中的餐厅也是重点，有居酒屋、西式创作料理、烧肉、Lounge bar、Buffet 以及以北海道季节产物为主的餐厅“海鲜市场”，人生的顶级享受都可以在这里找到。

Tomamu Resort:
Address: 〒079-2204　北海道勇払郡占冠村字中トマム
Rooms: 3 hotels, including
Villa Sport: 308
Hotel Abbicci: 187
Galleria tower Suite Hotel: 200
T: +81(0)167 58 1234
F: +81(0)167 58 1333
E-mail: mail@tomamu.co.jp
Website: http://www.tomamu.co.jp/

# 新得的冰冷世外桃源

北海道对于喜欢旅行的人来讲，似乎已经成为必去的地点了吧。尤其在这几年媒体大力地吹捧，和三天两头用北海道为号召的火锅店、拉面店、蛋糕店的加持下，扯到这个位于日本四岛中最北端、夹在日本海、鄂霍次克海和太平洋的人气景点，提到“Hokkaido”，人人讲得口沫横飞，如数家珍。

但是，我第一次的北海道记忆却只有风、雪和饭店。因为去北海道只有一件事要做，那就是……滑雪，如此而已，不多不少。

没有小樽玻璃、没有洞爷湖温泉、没有富良野花园、没有计时台拉面、没有 Sapporo 啤酒、没有全日本最长的地下街可逛、没有任何出现在北海道旅游书的新奇事物，具有如此单一目的的旅游形态，之于我这个双子男算是个勇敢的大尝试（我们很怕没变化），可是因为此次活动的发起人是我的老板兼大哥兼人生导师，人称电视大师演艺圈鬼才、明星敬畏工作人员闻风丧胆却又很怕老婆的——王伟忠先生。

在他的邀请下，我很难在第一时间去考虑他们家庭旅行会不会有一堆琐事、有很多小朋友会不会很吵、跟中年人旅行会不会沉闷（不含老板娘喔！伟忠哥的太太年轻又漂亮，看起来就像刚毕业……真的啦！）又或者我……爱不爱滑雪？

这些旅行的不确定因素我完全没放在心上，伟忠哥是个急性子的人，我连忙说“好”，并用感激的语气谢谢他邀请我。再用我的年假努力来维持跟老板之间的良好互动。

讲到这里我顺便抱怨一下新生代的下属，我不过想找他们假日吃个饭，他们老是推三阻四的，什么跟什么！以为我没人陪吗？我是想借着吃饭来犒赏他们工作努力，竟没人领情！实在该好好学习我的职场伦理，长官约你说好就对了，难道我加薪会加给那些一天到晚找不到鬼影的员工吗？各位说是吗？

但话说回来，这趟旅行带给我的美好回忆，好到我闭起眼都还能记起每一段笑声的回音；至于刚才那些“狗腿”和抱怨是开玩笑的，我服务的单位不吃拍马屁那套。我其实要说的是，跟有经验的中年人去旅行是件非常轻松又开心的事，他们会避免许多不必要的徒劳，“识途老马”这句成语一点也没错！当然，老板娘像刚毕业的女学生一样可爱也替旅程添色不少（再强调一次本公司对马屁文化深恶痛绝）。

由于，滑雪需要在白天进行，火车的衔接比较仓促，我们搭了台湾下午出发的班机。飞机抵达时已是当地的夜晚，纬度高的地方天黑得很快，我们一群人在零下十二度的札幌市区摸黑找了一间我连一个字都记不起来的饭店，反正重点是隔天的滑雪，加上冬季的北海道过了七八点就好像被低温给冰封，街道连会动的东西都很少，大家不带感情地睡了一晚，第二天一早就坐上往新得 (Tomamu) 的火车了。这也就是为何我的初次北海道印象跟大家不太一样。

新得距离札幌的车票上印着车程需费时八十九分钟。八十九分钟？为何不是九十分钟？因为日本人真的太准时了，连火车都可以分秒不差，只会早不会迟，有机会不访试试他们的准时功力，真的令人想竖起拇指。不过像这种度假的列车通常价格不便宜，这列火车单趟就要价两千七百三十日元。

忍痛拍照中。

这就是我摔断韧带后的第一现场。

在这种前往滑雪度假村的火车上，看到的都是带着雪具的年轻人或者是家庭，每个人都穿着很厉害的装扮。这个气氛让我们这种看到阳明山下几颗冰珠就要 SNG 联机一整天的海岛男儿，十分羡慕。先不管会不会滑，大伙穿着缤纷的雪衣雪帽、戴着雪镜，多神气！这让整列火车充满了度假的气氛，我不禁要想到同样是火车，台湾的火车总让我想起吃铁路便当的兄弟和漂泊的花衬衫……

大概开了一个小时后，你就会看见远处银色的山顶，有着好几座高耸的建筑，带队的人说那就是我们此行的目的地——这时心情上会掉进一种既期待又怕受伤害的忐忑，因为不知道自己要去住的是哪一家饭店，就好比你参加旅行团，导游说饭店快到时的感觉。不同的是，旅行团每每都会绕过你认为漂亮的饭店，然后在一家最不起眼的饭店门口停下来，可是这次我确定不会发生那种鸟事，因为一晚接近六千元台币的饭店，实在没道理让人太失望。

人二雄路线指标

买一个当地的相框吧！可以把你留下的美丽瞬间用更符合当地风味的方式保存下来。

果然，八十八分二十秒，火车一如往常准时停在木造的小驿站，与其说是车站，它更像某个儿童乐园设施的造型屋，覆盖着白雪的烟囱冒着暖烟，像是宣告游客们party就要开始了。下车看见两边铁道的末端消失在一片白色的飞雪中，尽管身边跃跃欲试的滑雪版型男、雪橇辣妹愉快地大声喧哗着。电影《铁道员》的苍凉构图仍然不受嬉闹干扰，货真价实地就放在眼前。（真的是辣妹，穿着短裙去滑雪圣地的行为只有日本人才做得出来。）

看到这种景色，任何看过那部电影的人还是会小小地吓一跳，自己怎么忽然就身在场景里，只是等不及好好呼吸北国风味，催促你上路的声音就来了。

我说过了，中年人很少浪费时间，来过这里的他们没空在那里咏叹。

饭店的接驳车一台一台停在驿站的出口，大约过了十五分钟的山路，我们就到了在新得的饭店（若台湾司机应该五分钟就到了，日本运将转弯倒车的速度大概会耗掉一半的时间）。Lobby和建筑样貌是非常日本的规矩饭店的样子，但一楼的落地窗后是滑雪场的一角，坐在窗边看着人们在树林穿梭也是一种乐趣，就饭店的造型而言，这家旅馆并没有太多地方可以讨论。

惊讶的事情发生在我进房后。那是一个将近三十五坪（约一百十五点五平方米）大、位于二十楼的房间，除了客厅跟卧房是分开的之外，还有卫浴分离的两间厕所，最令人意外的是浴缸，那是个可以容纳六个人同时泡在里面的圆形按摩浴池，位置就在挑高落地窗前，整个滑雪场的景色一览无遗。第一次滑雪已经够爽的，还能边泡澡边欣赏雪地星光，故事还没说完，除了完美浴缸外，在旁边还有个柚木烤箱，让你在浴缸泡腻的时候，可以在外面飘着大雪的高空作个森林浴，爽不爽？ 这种享受你不巴着中年人的屁股走你遇得到，我持高度的怀疑。

这样的价钱在东京真的只能有一体成型的塑料卫浴，在这里竟能换得一整片的西伯利亚夜空，实在划算。

如假包换的《铁道员》场景。

除了我们这家饭店外，这个度假村还有其他三四间饭店可以选择，价钱也都是在数千至万余元台币不等，没有那种遥不可及的价位，饭店到饭店或饭店到餐厅都有便桥可以走，以免你受寒。而且不管你住的是哪家饭店，你可以到任何一家这个区域的饭店享用早餐。但我怀疑有人会这么无聊，零下低温还会在大雪中换着吃饭店的早餐，但由此你可以看到日本人的体贴实在没话说。（餐厅种类也很多：韩式烤肉、中式炒菜、洋式西点，连 KTV 都没少；其中一家叫“海鲜市场”的自助餐厅，北海道的特产帝王蟹、大龙虾、鲍鱼让你吃到饱，三层楼高的落地窗后，矗立着像摄影棚灯光打出来的沾着雪的高耸针叶林，气氛满分）。

更好玩的是这里还有游泳池。室外是温水泳池，可以边游边看雪景；室内的泳池有半个操场那么大，还有波浪效果。旁边还有大型三温暖，你可以顺着蜿蜒的水道游过去，有十几种强度的水柱的水疗馆。运气好的话可以在仅容一人通行的水道上跟日本比基尼女郎相让不下，运气更好一点会遇到一群……

这里颇适合全家大小一起来度假，但前提要全家都不怕冷。

超赞的“海鲜市场”餐厅，有好多北海道特产海鲜。

至于滑雪的美妙我就不多说了，虽然我学会滑雪的故事也极具笑点……

本山人在这里摔断韧带，回国后还动了手术，至今右大腿还留着新得雪场的记号，但本书谈的是饭店，若有其他讨论匹夫之勇的章节或探索愚蠢行为之著作，我会再向大家好好地报告。

对我来讲，新得是个北国山区的世外桃源。

在我误打误撞下走进去（我真的没想过会跟老板一起出国旅行），但我比陶渊明笔下的武陵人稍微谨慎一些，我把入境的详细资料、电话号码、饭店名称都完整地留了下来，若往后有机会随时可去，也希望被我说动，准备在飘雪之际前往我说的桃花源的人，能维持那里的美好，别跟太多人说，以免又糟蹋了一个宝地。

# 北海道札幌旅游通

- Δ **飞行时间（从台湾出发）：**三小时到三个半小时
- Δ **货币：**一台币约等于三日元
- Δ **语言：**日语为主
- Δ **时差（比台湾时间）：**早一小时
- Δ **电压：**100V
- Δ **交通状况：**

  当地交通以地铁为主，部分景点位居市中心，可考虑步行。
- Δ **适合造访的月份会或季节：**

  冬天去北海道有时会遇到大风雪，要考虑交通问题，其余季节皆适合。春天约十至十五摄氏度、夏天约二十二至二十八摄氏度、秋天约十五至二十摄氏度。
- Δ **附近的著名景点简介：**

  札幌是 Sapporo 啤酒的生产地，因此啤酒博物馆、啤酒花园几乎是所有游客都会前往朝圣的地点，如果对啤酒实在没兴趣，可以到生活工房购物中心买杂货，或者去北海道厅旧本厅舍、计时台、大通公园、札幌电视台、烟突广场照照相。喜欢吃味噌拉面的人，可以到地铁站 Susukino 附近的拉面街，在狭小的空间里和日本人一起排队、享受地道的拉面。
- Δ **相关可查询的单位或网站：**

  日本观光协会 02-25064229 www.jnto.go.jp/

# 马尼拉半岛酒店

## The Peninsula Manila

同样是第一等级的饭店集团，半岛酒店集团 (The Peninsula Hotels) 在全世界各地共有七间 Hotel，香港、纽约、芝加哥、比弗利山庄、曼谷、北京、马尼拉以及还有一间 2007 年开业的东京半岛酒店。

而菲律宾半岛酒店坐落在马尼拉的 Makati 金融中心区，建于 1976 年，到现在已经将近有三十年的历史，同年的“国际货币基金”(IMF) 会议，也是在马尼拉举行的，位于金融区的 Ayala 和 Makati 两条大道的交叉口，饭店本身呈两翼状组成。有这么多说也说不完的因素，可以知道它对于各国商务旅行的客人来说，是一个相当重要的休息站。

The Peninsula Manila:
Address: Corner of Ayala and Makati Avenues, 1226 Makati City, Metro Manila, Republic of the Philippines
Rooms: 498 (including 46 suites)
T: +(63-2) 887 2888
F: + (63-2) 815 4825
E-mail: tpm@peninsula.com
Website: http://manila.peninsula.com/

# 史上最森严接待员

“马尼拉半岛酒店”(The Peninsula Manila) 大概是我住过戒备最森严的饭店了。

门口有金属探测器，大批的军警带着警犬来回走动，每个人荷枪实弹、表情肃穆。
这样的饭店接待员还真的是很有架式。

听说是因为我去的时候菲律宾刚好有恐怖袭击事件，所以这个马尼拉最高级的饭店当然要有相对的措施，因为以菲国的平均人民所得要能住到这里还非达官贵人做不到；因此，为了保护这些重要人士，饭店只能出此下策在这个以优雅高贵闻名全球的饭店中带着杀气。

希望我走后，那里的门口只看到贵妇带着贵宾犬散步，否则实在紧张。

**人二雄路线指标**

饭店房间的装潢都是名师的作品，可以拍下来当做以后装修房子时让设计师看的样本，就不用再花钱去买贵得要死的装潢进口书。（我从马尼拉半岛酒店偷来了在抽屉里留插座给吹风机的点子，很实用！再美的吹风机都有很丑的电线，整台藏起来是最聪明的方法。）

国际巨星徐熙媛的背影。

# 屋顶的直升机

从饭店屋顶坐直升机去打球的经验大概是我这辈子最虚华的感受了！我知道香港半岛酒店的顶楼也有直升机游香港的服务，但这跟我在马尼拉的际遇还是有差别，原因如下：

一、直升机上没有其他不认识的游客。
二、直升机是配合我们的行程来调整起降的时间。
三、这一切都不需要付费。

你知道吗？最后一点是最虚荣的，不用付钱表示你有着特别的待遇，代表着你的价值超过金钱。接下来飞机在马尼拉最繁荣的地方升起，我还看得见市区大堵特堵的车阵，马尼拉的交通是出了名的拥挤。

然后我们越过了车龙，越过了红绿灯，越过了这个国家大部分人民必须老实经过的路。你坐在飞机上，真会有种飘飘然的感觉，好像可以在这里畅行无阻，不受到任何人事物的影响。

这种感觉也解答了我一直搞不懂的问题：那些有钱又不是太想做事的阔佬为何要拼了命地选举，宁可被笑、被骂，全家大小被辱也要谋得一官半职，原来他们要的是这种超越钱的价值。

权力果然让人轻飘飘……

不过，这件事我得到两个启示：首先，一人得道，鸡犬升天，这句话真没错；第二，不要以为外劳很土，人家摆起阔来，我们才土得像卤蛋一样。

直升机上的我兴奋得像是个小孩闯入无人看管的玩具店。

# 马尼拉旅游通

**Δ 飞行时间（从台湾出发）：**两小时到两个半小时

**Δ 货币：**比索 (peso)，新台币一元等于一点七比索

**Δ 语言：**菲律宾语、英语

**Δ 时差（比台湾时间）：**无

**Δ 电压：**220V

**Δ 交通状况：**

以巴士和出租车为主，但巴士大多没冷气，而出租车通常会动手脚骗游客钱，要多加注意，在小城镇有公共出租车 (PU-cab)，是不跳表的公共交通工具，三轮摩托车和人力车也都可见到。

**Δ 适合造访的月份会或季节：**

菲律宾气候只分两个季节，每年十一月到翌年五月为干季，六月至十月则属雨季，都相当热。

**Δ 附近的著名景点简介：**

位于港口的马尼拉是菲律宾主要的交通枢纽，是一个新旧融合的都会。古老的建筑与新建立的高楼都交错林立在市区，形成特别的景致。临近或位于市区内的观光景点有：全菲律宾最古老教堂的圣奥古斯汀教堂、菲律宾人休闲常去的黎利公园、在帕西河岸边纯西班牙式的马拉干鄢宫；若你想到远一点的景点去看看，位于机场附近的菲律宾村、在马尼拉东南方的百胜滩瀑布、雄伟广大的塔尔湖火山风景区都是不错的选择。购物方面，市区的马比尼街上有各式精品可供喜欢逛街的游客看看。

**Δ 相关可查询的单位或网站：**

马尼拉经济文化办事处

地址：台北市忠孝东路 4 段 107 号 4 楼

T：(02)2778 6511

F：(02)2778 4969

台北菲律宾观光局 (02) 8773 8806

http://www.wowphilippines.com.ph

# 香港君悦酒店

## Grand Hyatt Hong Kong

属于世界级的 Hyatt 集团，一向在饭店界引领风骚，位于香港本岛的香港君悦酒店，面对着美丽的维多利亚港，五百多个房间，七成以上都可以拥有优美的海景，是这间饭店最动人的地方。

另外，可能是因为在香港的关系，所有商务旅馆的那一套，像是私人传真，房间内、酒吧里可高速宽带上网或更高档的红外线什么的，它都一应俱全。让饭店自己相当引以为傲的是拥有各式套房和所谓的“嘉宾厅”，有许多名人特别喜爱在君悦酒店举办各种活动，我想这也是它会如此受欢迎的一个理由吧！

Grand Hyatt Hong Kong:
Address: 中华人民共和国，香港特别行政区，湾仔港湾道 1 号
Rooms: 556
T: +852 2588 1238
F: +852 2802 0677
E-mail: info@grandhyatt.com.hk
Website: http://hongkonggrand.hyatt.com.cn/

# 五月到香港 请三思

五月份的第一天是中国大陆放大假的日子，十四亿的同胞们一个礼拜没事做，你觉得他们会冲到哪里?

对，香港！这个面积为一千一百平方公里的地方。

但关于大假这件事情，在 2002 年的 5 月之前我并不明白，所以在 2002 年 4 月最后一天的早上 9 点上班前，我一时兴起跟在上海的朋友约晚上 9 点在香港吃鱼丸、喝冻鸳鸯，对养着一条二十多公斤的狗的上班族，这真是疯狂的浪漫约定啊!

旅行社常帮我订机票、订饭店的老搭档也是个夜猫子，早上怎么也联络不到人，中午 12 点我的上海朋友搭上往香港的飞机时，他还没开机，等到他回电时已是下午 1 点。

“你疯了吗? 现在去香港? ”他劈头就说。

“没关系啦！今天没录影，下午没有会！”我企图让他知道我可以放松一下。

“谁跟你讲这个！！你知不知道大陆放大假? 现在的香港大概连一星级饭店都没有了，我……我……我哪订得到啦！！！”他结巴着鬼叫。

“不行啦！我跟人家约好了，他已经从上海出发了。”我用丝毫没有要退让的语气说。

“嚯……你真会挑时间！好啦，我试试啦！你们要有睡路边的准备。”他已经知道我一定会一直烦他，索性连挣扎都没有就答应了。

从下午 1 点到下午 4 点，我一直收到饭店已订满的答复，中间我们互相打的电话大概超过我们认识五年来通电话的次数，因为台湾出发的机票时间是下午 6 点 30 分，扣掉到机场的时间剩下不到一小时，想到露宿街头的样子，我几乎都可以感觉到肾上腺素不断喷涌，看着时间一分一秒地过去，我不能再被动地等下去了。

必须靠自己了，我心里想着。

我想到信用卡的电话秘书好像有这项服务，而且他们打广告不是最爱标榜这类事吗？什么让你享受尊荣的礼遇、顶级的招待、在全世界畅行无阻之类的花言巧语。虽然我明白那些夸大的成分很高，但是，这种窘境下的我也只能相信他们一次，大不了浪费一块钱，订不到还可以骂骂他们消火。

信用卡客服人员客气的听我讲完我的需求后，回答说他们马上去订，还补充一句：
“除了这个之外，还有什么能为您服务的吗？”

听他的口音，猜想他是大陆人，不太像台湾人，我很想说：“有啊，可不可以呼吁一下祖国的同胞们多多振兴内陆的观光产业，外岛的部分交给我们就好……”当然我没讲出口，他能帮我订到饭店我就铭感五内了，谁还敢耍嘴皮子。

但真没想到，神奇的事情竟然发生了……

过了十分钟不到，他们回电话说有两间饭店有房间：一是“香港半岛酒店”、一是“香港君悦酒店”；很棒，他们这家信用卡的广告词没骗人，我真的有尊荣的待遇，但我的尊荣在一种饱胀的压迫下心虚地漂浮着……

“我只是要去吃个鱼丸，犯得着花将近两万元一晚去住饭店吗？”我在听到价钱后，反复地自问自答。

“没有其他的饭店了吗？我的意思是比较便宜的……”我把尊荣的光环拿下来，用小市民的口吻问他。

“抱歉！现在是……”他正要回答，却被我打断。

“五一大假！！”我说。

“是，其他的饭店都订满了，而且两个饭店你都只能住一晚，后面的时间全被预订满了……我们都试过了……”他说。

我沉静了几秒，他耐心地等着我说 Yes 或 No。

“那……有附早餐吗？”早餐是小市民住饭店最重要的搭配了，我吐出了这一句话。

“抱歉没有……”他充满歉意地回答我。

“没有！！！”我心里的意思是连捞本的机会都没有！？！

虽然没有早餐的尊荣并不便宜，但承诺值千金啊！

我咬着牙告诉他卡号，确认好饭店的住房代号后，含泪飞向赤腊角机场，沿路电影《食神》中鸡姐拿着菜刀唱着：“……情和义……值千金……”歌声始终回荡着。

我要告诫的是大家不要随便耍浪漫；起码，不要在五月初的香港。

这个 Rimowa 行李箱是多年前在比弗利山的 Rodeo Drive 买的，那时只觉得它又正点又酷，并不知道原来是个厉害的品牌。但铝合金表面在运送过程中极易刮伤，让人非常心疼，后来才了解，原来这种箱子上的每道刮痕都是增添风味的装饰图案。（P.S. 若对此旅行箱有兴趣，不妨从聚碳酸酯这一号称是世界上最轻的旅行箱材质入门，毕竟提个铁箱到处跑，不是每个人都做得到的时尚动作。）

**人二雄路线指标**

使用信用卡预订饭店是一种很便利的方法，可以通过电话秘书询问饭店的相关设施、接送方法和折扣优惠（信用卡的背面都有服务电话），有时候旅行社都订不到的高级饭店都会保留几间给他们，我个人用过花旗、美国运通、渣打等信用卡电话秘书，都有不错的服务。

我连饭店的泳池都没用就离开了，真亏本。

# 君悦酒店的海景夕阳

严格说来这算是我第一次花这么多钱去住高级饭店。之前的“高级饭店”印象中全发生在东南亚的旅行团里，后来发现其实东南亚旅行团的饭店也不是真的高级饭店，只是其他国家的饭店更称不上高级而已。

这次“不得不的经验”好像一把饭店之神给的钥匙，让我打开了旅行要有好住处的通道，我也曾被锁在钱应该花在买东西吃东西或去更多地方的旅游死巷里，觉得饭店不过是睡觉的地方，安全干净就好，何必浪费冤枉钱？对那些在饭店上花了高额旅费的人的心态十分不解，甚至认为其愚蠢。

但是，当你站在五月的太阳下，跟中环街头大批游客抢出租车时；当你在尖沙咀边饮茶边吃着地道的烧卖，想体验一下港剧气氛，耳边却充斥着标准的国语时；当你在逛了大半个金钟广场发现你的周润发时期的港仔商品街都已变成古惑仔嘻哈风格的专卖店时；当你发现你留不住的不只是胶质和腰部线条，还留不住故事、留不住张曼玉二十三岁的风情[①]时；当你发现你快没有多余的青春去填塞旅行中不愉快所产生的裂痕时——你会觉得可以用钱来弥补也不失为一种方法。当然，这端看旅人各自心态的感受，若你还有源源不绝的青春那我也劝你别花钱。

① 《留不住的故事》是黄莺莺为张曼玉和周润发主演的电影《玫瑰的故事》所演唱的主题曲。

我还有另一个心得就是，好的饭店能延续你旅行的美好感受。打个比方，就像你吃了一道好菜，如果你的甜点很差，那绝对会毁了你味蕾上的美好记忆；反之，则会帮前一道菜再加一些分数。

好饭店真的会有弥补旅游不足或停止旅游不爽的功效！（好不等于贵，但贵通常都还不错！）

我在香港的君悦酒店第一次有了这样的领悟。为何不是半岛酒店？它不好吗？非也非也，我说明一下你马上能了解。

因为我第一天到半岛酒店的时间已经是晚上近 9 点半，加上吃晚餐花了一个多钟头、洗澡花了十分钟、睡觉花了八个小时；第二天 11 点就 check out，我真正清醒地享受饭店设施和气氛的时间还不到两个小时（想到又心痛起来）。所以，我对半岛酒店的印象真的不多，反正很多人介绍过这家饭店，我就不再多讲。

而第二天换到君悦饭店的感觉跟其他君悦饭店的连锁形象没啥不同，走过了曲曲折折、略显幽暗的房间通道，你还会怀疑，这真是价值四千六百五十元港币的饭店吗？

407

但当服务人员打开房门，打开所有的窗帘的时候，你就会知道你的钱花在哪里了！左边香港现代大楼林立的景色六百元港币；右边香港会展中心（《新警察故事》的结尾，成龙跟吴彦祖决斗的背景就是它的屋顶）六百元港币，正前方的无限海景两千元港币，剩下的我猜才是饭店本身和服务的价钱。

别误会……

房间当然在水平之上，五星级饭店该有的都没少，但因为这个海景实在够大气；相比之下，没有超凡入圣的配备很容易就被忽略掉了。

最厉害的还是夕阳西沉，整个海面变成橘红色，天空蓝红黄橘接替着变换，然后太阳沉到海平面下，接替它的光线的是左右两边摩登大楼的招牌、车灯、海上的渔火……这跟你在大自然里看见的夕阳是截然不同的，这种 5 点就回饭店看海景的稳静心情也不是年轻小毛头在旅行中可以拥有的，而最棒的是我在这个新的点上看到了从没见过的香港，之前我去香港大概有三分之二的时间在各大广场跟小吃摊上。

这次香港行，为了捞本和躲避五月的热浪跟人浪，我在饭店里花了比过去旅行更多的时间，却阴错阳差地进入了一种新的旅行方式，也就是把预算多拨一点到饭店这个部分。我记得这个决定是连续遇到两家要大排长龙的餐厅，回房间看着海景叫了一客饭店的广州炒面而做下的（美味！！君悦饭店的餐厅本人大力推荐！！）。

这个决定也让我之后的旅行很少再有意外，又或者说总有个灾难的刹车，因为我很少再冒险到价格便宜但不见经传的旅店，就算住了也总会心神不宁。我不确定是不是因为饭店的关系让旅行更好，但我确定“由奢入简难”这句话真够灵验的！

君悦饭店的落地窗很大又很宽，香港本岛的海景尽收眼前。那种看大片城市海景的奢侈，很像日本料理节目主持人把一大块螃蟹钳子肉放进嘴里，口中冒着气，直说：“好满足，好满足……”的爽快感。

# 香港旅游通

Δ 飞行时间（从台湾出发）：九十分钟

Δ 货币：一元港币约可兑换四元台币

Δ 语言：广东话、普通话

Δ 时差（比台湾时间）：无

Δ 电压：200/220V

Δ 交通状况：

以地铁为主，搭配双层巴士和小巴，上环到铜锣湾一带则有复古的叮当电车。如果要前往九龙半岛，可以选择到中环的码头搭天星小轮到尖沙嘴。

Δ 适合造访的月份会或季节：

气候和台湾差异不大，四季皆可。

Δ 附近的著名景点简介：

街景和美食就是香港最傲人的风景。香港岛最热闹的商业中心是上环、中环、铜锣湾、金钟一带。上环有古董街“荷里活道”、中环有些新兴的 Mall，例如 IFC 国际金融中心，大得让人走到脚酸都逛不完。想看明星的话，半夜到兰桂坊守着准没错；SoHo 荷南美食区则是寻觅异国餐厅的好地点。铜锣湾的时代广场、东角驿、Sogo 一带是青少年喜欢的逛街地点，也有很多特色小店以及这两年最流行的上楼铺（位于二楼以上的小餐馆或商店）。而隔着维多利亚港，对岸的尖沙咀也很好玩，最热闹的商业区以弥敦道为中心，附近的柏丽购物街、海防道的海港城、北京道一号都是败家圣地。海滨公园的星光大道则是欣赏对岸香港岛夜景的最佳景点。

Δ 相关可查询的单位或网站：

香港旅游协会台湾办事处 02-25812967 www.hkta.org

君悦酒店的女性桑拿室，可看到港口景色。

# 阿姆斯特丹 717 精品饭店

## Hotel Seven One Seven

Seven One Seven，一个听起来像是普通日本香烟的旅馆名字，只是它的美好胜过一包你想抽的香烟。位于阿姆斯特丹的市中心，沿着横跨城市的王子运河 (Prinsengracht Canal)，717 的外观看起来就和一般的在运河旁有地下室的住家没两样，a feeling of home from home 是这间温馨 Hotel 的主旨，他们希望来这里的每个客人都能够把这里当作自己的家一样，住得舒适、愉快。

共有八间大小不等的房间，其中两间较大的套房可俯瞰前面的王子运河，另外六间房间则面对着旅馆内小巧而美丽的庭院，天气好的时候，在小院子里吃着早餐，没有比这更有感觉了。虽然都是在同一家旅馆，但这里每一间房间的装饰与家具都有着各自的风格，把新与旧两种元素巧妙地融合在一起，变成家的感觉，我想，这就是所谓 717 的风格吧！

Seven One Seven:
Address: Prinsengracht 717, NL-1017 JW Amsterdam, The Netherlands
Rooms: 8
T: +31 20 42 70 717　F: +31 20 42 30 717
E-mail: info@717hotel.nl　Website: www.717hotel.nl

# 不过是个感动

“717 饭店”(Hotel Seven One Seven) 藏在阿姆斯特丹 Prinsengracht 路上的一排公寓中，用“藏”这个字一点都不为过，在外观上它没有任何线索可供人辨认出这是一家在荷兰非常闻名的高级饭店。它标榜的住店体验是，住在这里如同你住在阿姆斯特丹的家一样，跟其他有品位的荷兰人一样的家，低调、温暖、轻松……

717 是它的门牌号码、也是它的名字，简单好记。许多欧洲饭店的名字光看着你都会念错，真令人气结，我可以随便举两个例子，像威尼斯的什么 Palace Bonvecchiati Venezia Hotel 或巴黎的 Sofitel Paris Forum Rive Gauche Hotel 等，你给我念念看！欺负外国人嘛，就好像我开了一家旅馆叫“四十四只石狮子饭店”一样，我到要看看哪个老外可以发音正确！

所以你说看到 717 这个名字是不是让人松了好大一口气，但即使如此，一般人仍旧不会去记住这家饭店的。
主因是它的价钱很不亲切，住一晚的花费可以去水坝大道旁的 Kalverstraat 街八成的店面挑个名牌包包，而且 717 饭店的这条路上没有我们所谓的景点，也没有博物馆、大商场，饭店内没有游泳池、健身房和漂亮的大餐厅，没有你赋予一家摆明把你当凯子的饭店应有的华丽设备。

717 饭店的门牌

那我图的是什么？为了好念吗？

我又不是疯了，如果它能便宜一点，我可以念一百次荷语绕口令再进去。原因请别觉得肉麻……我图的是一个感动，真的！

她的生日是717，理由只有这么简单！

我不是耍阔，要是有很多的717可以选择，我一定挑最便宜的，毕竟，诚意是无价的，有这个心就好啦，是不是？（我知道女性读者会说不是），但偏偏全世界就一家“717饭店”，还远在荷兰，我能说什么？为了图一个感动的微笑，只能打落牙齿和血吞，只能发愿以后有钱在台湾多开几家数字饭店！

除了什么717、818、919的特殊号码。“520饭店”也不赖啊！带你来饭店代表我爱你，也欢迎5月20号出生或庆祝总统就职的人来。或“1314饭店”，带你来代表一生一世。多感人啊！男人跟同一个女人一生能开几次房间？感人呀！要不然来个自己任意挂房号的饭店，门口放一堆数字板子，你爱叫啥就叫啥！

这样大家就不必为了几个臭号码风尘仆仆了。

除了 717 代表的特殊意义外，欧洲该去的国家大部分都跑过了，没去过的荷兰，无论是大麻咖啡馆、合法的色情橱窗女郎，还是排在欧洲前几名的同志密度，这种广纳百川、满街大麻味还各自在工作岗位上待命的高度自由化国家，像我这么自以为灵魂浪荡的人怎可不去感受一下？而且听说这里有全欧洲最大的跳蚤市场，对爱寻宝的我又是个诱因；况且，伦勃朗、梵高这两位大师都是荷兰乡亲，去看看他们的几幅真迹也该值得吧！

有人看到此处会说，还有还有……还有风车跟郁金香花田……咳！我知道，但我是一月去的，那时躲雨避雪都来不及，没人会做跑到市郊这档子事！

一二月去欧洲，你极有可能经历荷兰讨厌的冬雨季，又冷又湿，而且整天都是这样的鬼天气，你记忆中印象派画家笔下的蔚蓝天空，都换成灰色的厚云层，三不五时就给你来场毛毛雨，爱四处趴趴走的人会感到非常的扫兴，然而真没办法，我要长一点的假期，不靠过年这几天还挤不出来，唯一的好处是，这阵子是其他民族的旅游淡季，没人来跟你抢饭店。

这也就是我认为好饭店之于旅行存在的必要——

因为它至少每天能终结一次你旅行遭遇的不顺心，没人能保证每个行程没意外、每次旅行天气好、每段睡眠都安稳，预料之外的情况发生时，有个舒适的地方能好好歇脚，再出发时也才会后继有力，不会因为情绪而让旅行变质。

就像我在车站门口，拖着行李越过余雪混着土的马路，缠人的细雨把我的外套弄湿，接近零下的温度冻结了我的笑脸，若没有一间你安心的饭店做后卫，你说这趟旅行是否能持续着出发时的开心，我实在没把握！

房间的视听设备是雅痞界中享誉盛名的 B&O 的家电。

# 真正的阿姆斯特丹的家
## Exclusive private Guesthouse

招呼了出租车，虽然不到十分钟的路程就抵达饭店，我的亚热带体质显然对这种不干不脆的大陆性湿冷有些反感，虽不至于愤怒，那种不爽像是你想找个人吵架的别扭。

我这才明了，717 所标榜的“阿姆斯特丹的家”是个啥意思，在你全身被天气搞得发毛的时候，你真的懒得穿过天杀的大庭园、大 Lobby，或繁复的接待处。

你一进饭店就只想说：“给我他妈的一张温暖大床和一杯热茶，不要再叫我看风景填表格啦！”

嘿，717 真的是这样啊！这大概是我住过最简单的饭店了，你最费劲的距离就是门口十多阶的楼梯和进门后约二十步的脚程，再走十多阶的楼梯就到你的床了。

形容起来有点好笑，一个只有八间房间的饭店，想走远也办不到！

穿着碎花布洋装满头银发、看起来像刚做完饼干的妈妈接待员，很快地辨认出我们是今天要 check in 的客人（废话！只有八组客人），她先带着我们花了两分钟时间介绍整间饭店，包括不是我们要住的其他房间（这也是只有八间房间的饭店能做到的服务了），接着领着我们回到门口旁的客厅。

有着天使脸孔的欧洲小伙子（请看附图，像不像青少年版的天使）端着哥本哈根瓷器装着的热茶来到面前，他拿了八九种茶包让我选后，酷酷地离开了，但那不是不礼貌，就像还没“成年”的青少年会表现出来的态度，果然很有家的感觉，连死小鬼都帮你准备好。

望着窗外的王子运河 (Prinsengracht Canal) 缓缓驶过的小船、路人瑟缩的快步身影， 妈妈接待员戴着老花眼镜正在她的小桌子前帮我们 check in，酷少年又端出一盘手工饼干，腼腆地讲着有哪几种口味，我昏昏沉沉地听着，靠在沙发一不小心就睡着了……像在家里一样。

717 阿姆斯特丹的家，真的名不虚传……

717 的年轻服务生，你说像不像天使的少年版！

一进门，二话不说先来一杯热茶！

丰盛早餐，服务人员会在第二天中午以前，送到你的房间。

荷兰的起司，也是出了名的棒，街头到处买得到！

## 人二雄路线指标

可以带几样台湾的名产或零嘴（像凤梨酥牛糖）送给服务很好的服务生，这在不收小费的饭店是很好的国民外交。

717

# 阿姆斯特丹的 Blakes

## Hotel Dylan Amsterdam

跟位于伦敦海德公园北边的精品旅馆“The Hempel”一样，是由著名的具有空间设计师与旅馆经营者双重身份的 Anouska Hempel 女士所设计，跟现今精品旅馆的极简与空间留白不同的是，Blakes 是由十八世纪的旧建筑物改建而成，所以，除了古典时期的外观外，旅馆的内部则是结合了古典的优雅与现代的利落，东西合并、用色冷静大胆是 Blakes 的一大特色。

位于阿姆斯特丹三条主要运河之一的国王运河 (Keizersgracht Canal) 旁，一样是在市中心的位置，交通相当方便。

Blakes Amsterdam 于 2005 年开始由于更换管理，现已改名为 The Dylan Hotel Amsterdam，目前为 The Stein Group 的一员，之前旅馆的设计者兼管理人 Anouska Hempel 如今由于合约到期，也不再经营 Blakes。换手之后的 Dylan Amsterdam 还是一如往常地会提供给旅客们更好、更优质的服务。

Blakes Amsterdam（现更名为 The Dylan Amsterdam）
Address: The Keizersgracht 384, 1016 GB Amsterdam, The Netherlands
Rooms: 41（由26扩增）
T: +31 (0)20 530 20 10　　F: +31 (0)20 530 20 30
E-mail: hotel@dylanamsterdam.com
Website: http://www.dylanamsterdam.com/

## Blakes 的冷漠距离

奇摩网站的英文字典上叫 Blake 的名人有两个，一个是跟荷兰打过仗的英国的海军上将；一个是神秘主义的思想家诗人，这两个职业性质恰巧就是我对这家饭店的两种感觉。

又严谨又浪漫，还带着神秘。

同样是在荷兰阿姆斯特丹的市区，Blakes 饭店跟 717 饭店有着完全不同的样貌和感觉。若说 717 是个温暖的家，那 Blakes 就是个冷调的雅痞空间了。

怀着 717 饭店房间里的花花草草、古典线条，和妈妈柜台没有章法的服务方式的余温来到 Blakes，只见它的接待处“家徒四壁”，前一天的随兴马上被此处服务生剪裁合身的黑色制服和只放着一张桌子、四张椅子的 Lobby 的锋利线条给割断了。

没错，这是一家典型的极简装潢的精品饭店。服务生客气但不多话，很合乎这家饭店从客人一进门呈现的冷调空间感（如果是刻意制造的气氛，那算是很成功）。

二月的阿姆斯特丹总是阴阴沉沉的。

简单几句确认护照、姓名和说明需要一些时间清理房间后，我们随即被带到餐厅的 Lounge 等待，服务人员招待气泡矿泉水和甜点后微笑地点点头就离开了。这一连串的动作有点……相敬如“冰”，却很难让人说不对，因为没有不礼貌，也没有让我们陷入不清楚的状态，只是跟我们习惯的海岛国家的热情和不断抱歉的服务对比下，显得稍微冷淡了点！

像不像将军的骄傲，就算抱歉也看不出他们的退让？

餐厅的布置虽比柜台的多了一些弯曲的线条，但还是散发着强烈的极简风格。深褐色配黑色的现代家具，建筑和装饰艺术的精装书像家居饰品一样，像是随兴又不杂乱地大量放在餐厅四处的旧柜子上，让你走到哪里都可以阅读。

用书来点缀黑褐相间、新旧交错的空间，像不像神秘的诗人？

所以我在一开始就说是个巧合，却又极为贴切地说明 Blakes 饭店两种相反的特质。

这样的饭店气质，不会整齐到让人感到压力太大，也不至于多样到使人烦躁，乱中有序的排列，很难做得很好，但 Blakes 排得很对我的胃口，也许就是因为如此，我才会忍受他们清房间清了快两个小时……

荷兰人是全世界平均身高最高的民族，但从这扇门看不出来！

我不知道房间结构是原本的样子还是后来的设计，建筑物本身看得出略有年纪（建筑已有三百多年的历史），但房间的空间感很有趣，你没办法一眼就望穿整个房间，房间的衣橱、厕所、卫浴在地下室，卧室挑高约三米，但地下室高度大概只有两米；可是你不会觉得压迫，因为设计师在头的高度开了一排的窗户，看出去就是露天的中庭，所以即便你人在地下室，头的高度却在地面上。喜欢的人会觉得好玩特别，不喜欢的人会感到不方便，上个厕所洗个澡都要爬楼梯，很累！

卧室有两个门：一个通往大厅，一个打开就是露天中庭，穿过中庭的长桌就可以到餐厅。但一月的欧洲真的蛮冷的，面对中庭的门，除了为拍照开了一次，接下来的日子就没再打开过。如果夏天来应该会好玩很多，应该会看到很多欧洲的红男绿女在星空下把酒言欢或……吸大麻。在欧洲的星空下飞翔应该比躲在小房间里盖棉被偷笑来得爽快吧！

这是我！

浴室看出去的景象。

我想在这个都市的饭店应该都有相同的困扰吧！虽然荷兰政府规定大麻只能在规定的地方抽，不可以在其他地方使用，但客人在大麻咖啡馆花三百元新台币买的一大包大麻哪可能抽得完？其他的难道会冲到马桶或缴回给店家吗？谁会这么守法，这么守法就不会去吸大麻啦！

用不完的当然是带回饭店继续使用啊！不过，我想饭店业者应该都有一套机制来对应，否则我去的两间饭店怎么可能一点异味都没有！难怪他们清房间要清两小时，大部分的时间都在去除味道吧！

**人二雄路线指标**

喜欢这种代表和平的“草本精华”的读者请注意了！在阿姆斯特丹有两种咖啡店：有 coffee 字样的是真的卖咖啡的咖啡馆；要买大麻的人请在有霓虹灯管的 Café 购买。

每一个精彩的饭店都会在你未来的日子里，扮演着某个让你去挑剔其他饭店的角色。Blakes 饭店不大，但他们在有限的空间里想了许多有趣的饭店桥段，让客人自行玩乐，他们不会繁琐地宣告饭店有哪些完美的设计，一切都让你“自行”体会。这个尚可接受的冷漠或许在一堆行礼如仪的饭店里更人性化，它给的距离让你在某些不想被打扰的旅行时刻里有更多的时间去思考，或许吧！

# 阿姆斯特丹旅游通

**Δ 飞行时间（从台湾出发）：**约十七小时到十八小时

**Δ 货币：**一欧元约可兑换四十四元台币

**Δ 语言：**荷兰语为主；英语、德语可通

**Δ 时差（比台湾时间）：**冬天晚七小时，夏天（4-10月）晚六小时

**Δ 电压：**230V

**Δ 交通状况：**

一般以巴士、地铁和电车（Tram）为主，也可以选择在车站附近租脚踏车，因为有几条大运河交错、环绕，游客也可以搭乘水上巴士、水上出租车到几个著名景点，是很有趣的经验。

**Δ 适合造访的月份会或季节：**

四季皆可，因为临海，气候温和。因为三月到五月属于花季，是最旺的旅游季节。

**Δ 附近的著名景点简介：**

阿姆斯特丹范围不大，却有很多可看性极高的景点，想走气质路线的话，可以去梵高博物馆、阿姆斯特丹国立博物馆，阿姆斯特丹历史博物馆、伦勃朗故居博物馆，如果看腻了经典作品，“性博物馆”是个很酷的景点。

来欧洲怎能不血拼？基本上市中心以水坝大道（Damrak）为中心，两旁是最热闹的商业区，街头艺人常常聚集在此，大道旁的Kalverstraat街也是购物天堂。

荷兰对于性工业的开放程度举世闻名，想见识的话，水坝广场以东到Oudezijds Voorburgwal以西全是合法的风化区。而位于旧城区、离港口近的红灯区或到市中心附近的伦勃朗广场（Rembrandtsplein），都有很多跳脱衣舞的夜店。另外，旧城区的Warmoesstraat街上有许多咖啡馆，若你是一般乖乖牌的

游客，可能会吓一大跳，因为每家咖啡馆都有其搞怪、离经叛道的主题和设计，大麻几乎是这里的咖啡厅必备的“食物”。

阿姆斯特丹有两大知名的歌舞、文艺俱乐部，一是 Paradiso，一是 Melkweg。属于复合式的会场，会不定期有很新潮、很酷的展览或文艺娱乐活动，想追星的人，来这里碰碰运气，或许可以看到欧美的影艺名人。

Δ 相关可查询的单位或网站：

http://www.holland.com/splash/

荷兰观光局 http://www.holland.idv.tw/

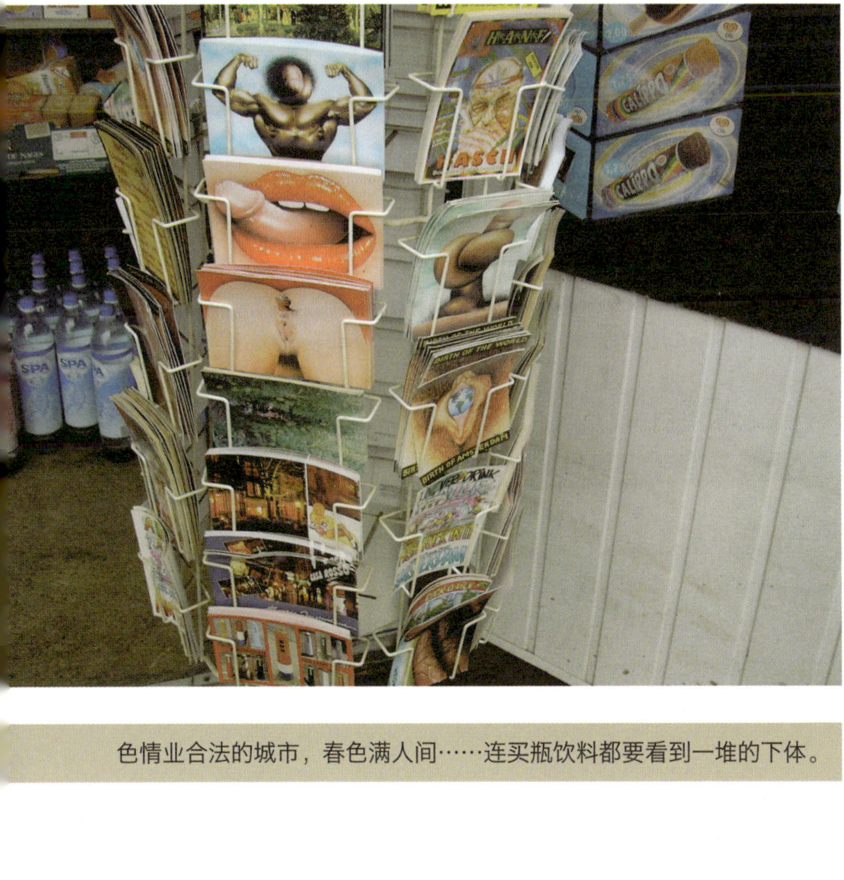


色情业合法的城市，春色满人间……连买瓶饮料都要看到一堆的下体。

# 米兰科莫湖畔饭店

## Hotel Metropole & Suisse au Lac

位于意大利三大湖泊之一科莫湖(Lake Como)旁，虽然是属于米兰，但距离瑞士的边界相当的近。1892 年建立，到现在已经有一百多年的历史，一直由 Cassani 家族在经营，饭店的外观是由理性派建筑师 Terragni 所设计，Hotel Metropole & Suisse 的优越在于它濒临美丽的科莫湖，又有著名景点 Piazza Cavour；此外，这里也是个时尚小镇，所以住在这儿不但可以欣赏美丽的风光，还可以在这个虽然小但流行讯息十足的地方逛街。

住在 Hotel Metropole & Suisse 可以做的当然不只是逛街，还可以从事水上飞机、高尔夫球、降落伞、风浪板等活动。据说，乔治·克鲁尼、范思哲家族也都有私人别墅在科莫湖畔。

Hotel Metropole & Suisse au Lac:
Address: Como - Piazza Cavour, 19
Rooms: 71
T: +031 269 444
F: +031 300 808
E-mail: info@hotelmetropolesuisse.com
Website: www.hotelmetropolesuisse.com

# 米兰科莫湖旁的眼泪

1999 年春天，瑞奇 · 马丁的歌曲席卷全世界，也吹起了拉丁旋风，那时候的我只是个腰围二十九的二十九岁新鲜制作人，不管对裤子或环境都很容易适应。

对唱片界而言，当时真是一个美好的黄金时代，CD 只要上架了就会卖，因此只要能帮艺人增加销售的花招，唱片公司几乎不惜血本，能怎么花就怎么花。

我在那个唱片荣景的年代末端，恰巧赶上了一班洒钱的宣传列车，免费赚了一次欧洲米兰科莫湖的春之旅。

这张识别证在 1999 年的春末可以进入一个全球化的 Party。

事情是这样发生的，话说1999年，瑞奇·马丁即将推出他的第五张个人专辑《疯狂人生》〈LIVIN' LA VIDA LOCA〉，由于之前的《圣杯之光》（英文版《The Cup of Life》，西班牙语版为《La Copa De La Vida》）被选为1998年世界足球杯的主题曲后大为轰动，也就是大家常跟着哼“阿勒阿勒……”的那首，可惜歌比人红，但凭着瑞奇又帅又阳光的笑容和翘臀，不出意外地，他成为唱片公司老板眼中最具潜力的明日之星。于是，他所属的新力唱片决定在他的新专辑的宣传上出奇招、下猛药，一举将他推向天王巨星的地位。

他们企划出史上最花钱的专辑发表会，就是把全世界的四百多个国家的VJ、DJ、唱片记者和电视制作人员全请到了意大利，听瑞奇·马丁唱他新专辑中的四首歌。乍一听好像没啥稀罕，可是想想一个国家不是只有一个VJ、DJ和电视制作人，光台湾这个弹丸之地就去了将近二十个人，更何况美国、大陆、日本、澳洲……这些音乐的消费强国？这群人的食宿机票所花的银子已经不是你能想象的数字了。

不管其他国家，起码在台湾的西洋唱片界绝对是创了纪录（以目前盗版下载的情况，我大胆预测未来也不会再发生了）。

就这样，这些来自世界各地的幕前幕后的电视从业人员，从加尔各答、马尼拉、大阪、北京、纽约，从你听过的没听过的国家，在同一个时间飞往米兰，这个情节想象起来多么有趣又浩大。在说下去之前我得先介绍一下科莫湖(Lake Como，有些人叫它科摩湖)，这是欧洲最深的内陆湖，也是意大利第三大的湖泊，它在意大利北部跟瑞士的交接处，是很受欧洲人士欢迎的避暑圣地，我们在许多欧洲明信片上和电影电视上看见的背景都是来自于此处，若你坐火车周游南欧，看见它湖光山色的机会非常之多。

但不巧由于我们班机抵达的时间误点，天色过晚，一到这个美丽的湖泊旁的饭店，却没能在第一秒的感动下好好品味这个群山环绕的湛蓝湖泊。

我们像赶鸭子似的，一进饭店马上被唱片工作人员半推半请地架到饭店旁的码头，心里正嘀咕着行程仓促时，一抬头竟发现游艇已经塞满了来自各地的俊男美女，他们各自拿着香槟开心地交谈着，真的很像电影里面毒枭或大亨开 Party 的阵仗。

就在最后一批人上船，船开动的第一时间，瑞奇 · 马丁第五张专辑的歌开始从喇叭里传来，南美节奏的鼓声更炒热了本来就活络的场面，来自全球的音乐媒体人个个随着音乐在摇摆，你不得不佩服这真是个成功的营销策略。

可是，在这个灯光交错、衣香云鬓的欢乐场面中，我陷入了深深的失落——

一个伴着遗憾的失落……

我对我的英文水平没自信，我不认为我可以去跟那些来自墨西哥、爱尔兰、西班牙的辣妹 VJ 像操国语一样流利地打屁，不能操国语就没有东西可以操了（我的意思是总不能操闽南语，是吧！），我不想问人家“Where are you from?”后的问题都坑坑巴巴的。

那时候你会很想自赏嘴巴为何学生时代没有认真念英文？毕业后几年没有交几个外国朋友，把这个如此重要的语言工具练好，害我只能眼巴巴地看着印度人、菲律宾人、香港人和那些本来就是英语国家的死胖子制作人，像吸饱了血的蚊子一样环伺在跑不掉的美女身边。

挤满人的船舱的热闹空气让我闷出一身汗，我走上甲板，四月的科莫湖上寒意十足，甲板上坐着几个日本男生缩在一起自顾自地喝着酒，以我几次到日本所体会的日本人的英文能力，我大概了解他们应该同是天涯沦落人……

船就要抵达瑞奇 · 马丁要演唱的小岛的时候，天空落起小雨，菲律宾的死胖子用手为波多黎各的超短裙美眉亲密地挡雨；此时，我发现我眼角有些水滴，可是我已经分不清楚那是汗、是雨，还是泪了……

如果要住的是中价位的饭店，还是用航空公司或旅行社的套装行程最划算。

# 波光滟潋的南欧风光

这家饭店虽然只是四星级，但因为位置就在湖的旁边，占着地利之便，天气好的时候，可以清楚的看到远处环着湖边的漂亮豪宅和阿尔卑斯山缆车的优美风光。

号称是欧洲最美丽、最有诗意的湖景，到了夏季会变得很热门，有一屋难求的景象。但这里优美的水光山色实在迷人，据说好莱坞明星乔治·克鲁尼也在这附近买了一间（可惜我去的时候是四月，没看见夏季热带岛屿的盛况；不过，春末南欧名山大泽的萧瑟感也别有一番风情）。

而且饭店离 Piazza Cavour 的购物区很近，打开窗户就看得见商店，爱好逛街的朋友在这里会找到一些心灵的寄托。别以为边境的小镇没啥东西好买，这个巷道不大的广场，品牌出乎意料的齐全，再怎么说也是意大利啊！而喜欢古迹的人也有几个教堂可以参观，这里从十三世纪以来就是罗马贵族的度假胜地，理当有点不错的雕刻塑像存在。

还有，这附近有个足球场，到了夜晚好像是男同志们的热门聚集地，为何我会晓得？因为当时有个热情的荷兰男 DJ，一直告诉我那里很好玩、有很多好看的男生，边说边用暧昧的眼神看我……

我一直装做听不懂，没想到英文不好还是有些方便的地方。

虽然是中价位的饭店，但是房间十分有味道。

# 米兰旅游通

Δ 飞行时间（从台湾出发）：

到罗马约十七个小时（因转机地点不同，时间会有差异），从罗马到米兰可视个人需要坐火车或国内班机时间不一。

Δ 货币：一欧元约可兑换四十四元台币

Δ 语言：意大利语

Δ 时差（比台湾时间）：冬季晚七小时、夏季晚六小时

Δ 电压：125V/220V

Δ 交通状况：

以地铁为主，搭配巴士、电车，车票可共用。

Δ 适合造访的月份会或季节：

春季、秋季温度适中，都相当适合旅游；但不一定要拘泥于哪个季节，因为意大利有时在冬季天气也不错；夏天大致来说都蛮热的。

Δ 附近的著名景点简介：

米兰最有名的两人卖点，一个是时装，一个就是教堂。如果你也不能幸免于去年横扫全世界的"达·芬奇风暴"，也被《达·芬奇密码》里设下的圈套迷得团团转，就不能错过多明尼各派修道院。书里的关键作品——达·芬奇的《最后的晚餐》就在其中。此外，主座教堂、圣玛利亚教堂都是文艺派游客的朝圣地点。回到现实，走入米兰的血拼商业区，令你血脉贲张的时刻到了，金色四角区（Golden Quadrangle）是高级服饰的精华区，以圣巴比拉车站（S. Babila）为核心，附近的蒙特拿破仑大街、艾曼纽二世大道、史皮卡大道的商店一家比一家令人流连忘返。如果嫌一味抢购精品太庸俗，那就到布雷拉区（Brera District）走走吧，这里有许多个性小店，以及满是把气质带在脸上的文化人，能满足你对意大利传统的美好幻想。

**Δ 特别注意：**

去米兰购物应该是最重要的目的吧！但此处是时尚的最前线，流行的脚步当然比别人快，所以当地的精品店内夏季时展示的已是秋冬的大衣；冬季时当然推出明年春夏的款式，要血拼的人得有心理准备。而且终年不打折的情况比比皆是，捡便宜的机会不多，唯一可以买到当季却又划算的衣物，似乎只有在圣诞节期间。

**Δ 相关可查询的单位或网站：**

意大利经济贸易文化推广办事处

住址：台北市基隆路一段 333 号 18 楼 1808 室

T: 02-2345-0320

F: 02-2757-6260

意大利旅游局 http://www.enit.it/default.aspt

米兰 http://wrcm.usr.dsi.unimi.it